BIBLIOTHÈQUE HISPANO-AMÉRICAINE

PORTRAIT HUACO

Gabriela WIENER

PORTRAIT HUACO

Traduit de l'espagnol (Pérou)
par Laura Alcoba

Éditions Métailié
20, rue des Grands Augustins, 75006 Paris
www.editions-metailie.com
2023

Retrouvez-nous sur les réseaux sociaux :

Les passages de *Voyage au Pérou et en Bolivie (1875-1877)* de Charles Wiener sont extraits de l'édition française de 2010 (Ginkgo éditeur, Paris).

ISBN : 979-10-226-1291-3
ISSN : 0291-0154

*L'imbécillité artificielle du corps s'alliait chez les Péruviens
à l'imbécillité factice de l'âme.*

Charles Wiener

*Entre parents et enfants, la perplexité semble
être la seule compréhension possible.*

Heinrich Böll

La mort même peut vivifier.

L'Arioste

PREMIÈRE PARTIE

Ce qu'il y a de plus étrange à être seule ici, à Paris, dans la salle d'un musée ethnographique, presque sous la tour Eiffel, c'est de penser que toutes ces statuettes qui me ressemblent ont été arrachées au patrimoine culturel de mon pays par un homme dont je porte le nom.

Dans la vitrine, mon propre reflet se mêle aux contours de ces personnages à la peau marron, avec des yeux semblables à de petites blessures brillantes, des nez et des pommettes de bronze aussi polies que les miennes, au point de former une seule composition, hiératique, naturaliste. Un arrière-arrière-grand-père est à peine un vestige dans la vie de quelqu'un, mais pas lorsque cet ancêtre a emporté en Europe rien moins que quatre mille pièces précolombiennes. Et quand son plus grand mérite est de ne pas avoir trouvé Machu Picchu, mais d'avoir été à deux doigts de le faire.

Le Musée du quai Branly est dans le VIIe arrondissement de Paris, au milieu du quai qui porte le même nom, et c'est un de ces musées européens qui renferment d'importantes collections d'art non occidental en provenance d'Amérique, d'Asie, d'Afrique et d'Océanie. Autrement dit, ce sont de très beaux musées érigés sur des choses très laides. Comme s'il suffisait de peindre les plafonds avec des motifs aborigènes australiens et d'installer plein de palmiers dans les couloirs pour que nous nous sentions un peu chez nous et oubliions que tout ce qui se trouve à cet endroit devrait être à des milliers de kilomètres de là. Moi y compris.

J'ai profité d'un voyage professionnel pour découvrir enfin la collection de Charles Wiener. Chaque fois que je pénètre dans des endroits comme celui-ci, je dois résister au désir de tout réclamer et de demander qu'on me rende tout ça au nom de l'État péruvien. La sensation s'est accentuée dans la salle qui porte mon nom et qui est remplie de figures de céramique anthropomorphes et zoomorphes de différentes cultures préhispaniques, vieilles de plus de mille ans. J'essaye de trouver une proposition de parcours, un document qui situe les différentes pièces dans le temps, mais elles sont exposées sans fil conducteur, isolément, tout juste désignées par des inscriptions vagues ou génériques. Je prends plusieurs photos du mur sur lequel on peut lire "Mission de M. Wiener", comme lorsque j'ai voyagé en Allemagne et que j'ai vu, avec une satisfaction douteuse, que mon nom de famille se retrouvait un peu partout. Wiener est un de ces noms liés à un lieu, comme Epstein, Aurbach ou Guinzberg. Certaines communautés juives avaient pour habitude de prendre le nom de leur ville ou village d'origine pour des raisons sentimentales. Wiener est un gentilé ou démonyme, en allemand le nom signifie "de Vienne". Comme les saucisses. Je mets quelques secondes à comprendre que la lettre M. est l'abréviation de *Monsieur*.

Même si la mission scientifique qui porte son nom est celle du classique explorateur du XIXe siècle, j'ai l'habitude de plaisanter dans les dîners entre amis en disant que mon arrière-arrière-grand-père était un *huaquero* de renommée internationale. J'appelle *huaqueros*, sans euphémisme aucun, les pilleurs de sites archéologiques qui déterrent des biens culturels et artistiques et s'en servent pour faire du trafic, encore aujourd'hui. Il peut s'agir de grands intellectuels ou de mercenaires, ils peuvent emporter des trésors millénaires dans des musées d'Europe ou les installer dans les salons de leurs maisons coloniales à Lima. Le mot *huaquero* vient du quechua *huaca* ou *wak'a*, c'est ainsi qu'on désigne dans les Andes les lieux sacrés qui aujourd'hui, pour la plupart, sont devenus des sites archéologiques ou de simples ruines. Dans les catacombes, on avait pour habitude d'enterrer les dignitaires de la ville avec leur trousseau funéraire. Les *huaqueros* envahissent systématiquement ces enceintes à la recherche de tombeaux ou d'objets de valeur et, en raison de leurs méthodes peu professionnelles, ne laissent souvent derrière eux qu'un dépotoir. Le problème c'est que cette manière de procéder ne permet aucune étude postérieure fiable, il devient impossible de chercher un quelconque signe d'identité ou de mémoire culturelle pour reconstruire le passé. C'est pourquoi agir comme un *huaquero* revient à exercer une forme de violence : ces procédés transforment les fragments d'histoire en propriété privée destinée à enjoliver ou parer un ego. Et on leur consacre également des films à Hollywood, comme on le fait pour les voleurs de tableaux. C'est que leurs méfaits ne sont pas exempts de glamour. Wiener, précisément, est passé à la postérité non seulement en tant que scientifique, mais encore comme "auteur" de cette collection d'œuvres, effaçant ainsi les auteurs réels et anonymes, couvert par l'alibi de la science et par l'argent d'un gouvernement impérialiste. À l'époque, il suffisait de remuer un peu la terre pour que l'on parle d'archéologie.

Je parcours les couloirs de la collection Wiener et, parmi les vitrines saturées de *huacos*, un espace attire mon attention car il est vide. Sur l'écriteau, je lis "Momie d'enfant", il n'y en a pourtant aucune trace. Quelque chose dans cet espace blanc me met en alerte. Il se peut que ce soit une tombe. La tombe d'un enfant non identifié. Et qu'elle soit vide. Qu'il s'agisse, en définitive, d'une tombe ouverte ou rouverte, profanée à l'infini, exhibée dans le cadre d'une exposition qui raconte l'histoire du triomphe d'une civilisation sur d'autres. Est-ce que le fait de refuser le sommeil éternel à un enfant est une manière de raconter cette histoire-là ? Je me demande si on n'aurait pas emporté la petite momie pour qu'elle soit restaurée, comme on restaure un tableau, si on n'a pas laissé cette vitrine vide en guise de clin d'œil à un certain art d'avant-garde. À moins que l'espace où la momie ne se trouve pas soit une dénonciation permanente de sa disparition, comme la fois où l'on a volé un Vermeer dans un musée de Boston et ils ont laissé à jamais le cadre vide sur le mur afin que personne ne l'oublie. Je fais des spéculations sur l'idée même de vol, de déplacement, de rapatriement. Si je ne venais pas d'un territoire de disparitions forcées, où l'on déterre mais où, surtout, l'on enterre de manière clandestine, cette tombe invisible derrière la vitre ne m'aurait peut-être pas interpellée. Mais quelque chose insiste en moi, peut-être parce qu'on peut lire que l'enfant de la momie absente était originaire de la Côte centrale, de Chancay, dans le département de Lima, la ville où je suis née. Ma tête déambule entre de petites fosses imaginaires, creusées à la surface, je plante une pelle dans le trou de l'irréalité et je retire la poussière. Cette fois, le reflet de mon profil inca ne se confond avec rien, il devient, durant quelques instants, l'unique contenu, quoique spectral, de la vitrine vide. Mon ombre est prisonnière de la vitre, embaumée et exposée, elle remplace la momie, elle efface la frontière entre la réalité et le montage, elle la restaure et propose une nouvelle scène pour interpréter la mort : mon ombre lavée et parfumée, vidée de ses organes, sans aucune sorte d'ancienneté, telle une *piñata* translucide remplie de myrrhe, rien que les chiens sauvages du désert ne puissent dévorer.

Un musée n'est pas un cimetière, même si cela y ressemble beaucoup. Dans la salle consacrée à la collection Wiener, on n'explique pas si l'enfant absent a été sacrifié de manière rituelle, s'il a été assassiné ou s'il est mort de mort naturelle ; ni où, ni quand. Ce qui est certain, c'est que cet endroit n'est ni une *huaca*, à savoir une chambre funéraire inca, ni le sommet d'un volcan pour y être livré à des dieux et à des hommes afin que la récolte soit bénie et que tombe la pluie, drue et constante comme dans les mythes, tel un tourbillon de dents de lait et de graines de grenades juteuses, couleur rubis, arrosant les cycles de la vie. Ici, les momies ne se conservent pas aussi bien que dans la neige.

Les archéologues disent que dans les hauts volcans de l'extrême Sud, les enfants qui ont été trouvés ont l'air endormis dans leurs tombeaux de glace, qu'en les voyant pour la première fois, on a la sensation qu'ils pourraient revenir d'un moment à l'autre de leur sommeil séculaire. Ils sont si bien conservés que la personne qui les voit pense qu'ils pourraient se mettre à parler là, à l'instant. Et ils ne sont jamais seuls. Les Enfants de Llullaillaco, dans la cordillère des Andes, ont été enterrés ensemble : la Petite Fille de l'Éclair, âgée de sept ans, l'Enfant, de six ans, et la Demoiselle, âgée de quinze ans. C'est également ensemble qu'on les a déterrés.

Dans des temps pas si lointains, ici même, dans une capitale européenne, les enfants étaient également enterrés dans un secteur à part du cimetière, comme s'ils étaient tous frères et sœurs ou que la peste les avait emportés en même temps, comme s'ils habitaient une sorte de ville fantomatique, en miniature, à l'intérieur de la grande ville des morts, afin que, s'ils venaient à se réveiller au milieu de la nuit, ils pussent jouer ensemble. Chaque fois que je me rends dans un cimetière, j'essaye de faire un tour dans le secteur des enfants, je lis, entre saisissements d'émotion et soupirs, les adieux que leurs familles laissent pour eux dans leurs mausolées, et je me mets à imaginer leurs vies fragiles et leurs morts, provoquées la plupart du temps par des maladies insignifiantes. Je me demande, devant cette sépulture infantile absente, si la terreur que la mort d'un enfant provoque en nous aujourd'hui provient de cette ancienne fragilité, si ce n'est pas que nous avons oublié la coutume de les sacrifier, ce qu'il y a de normal dans le fait de les perdre. Je n'ai jamais vu de tombes d'enfants morts contemporains. Quelle personne sensée serait capable d'emmener le corps de son enfant dans un cimetière. Il faut être fou. Qui pourrait avoir l'idée d'enterrer un enfant, vivant ou mort.

Cet enfant sans tombeau, en revanche, ce tombeau sans enfant, n'a ni frères ni compagnons de jeu, et voilà qu'il est lui-même perdu. S'il s'était trouvé là, j'imagine quelqu'un, qui pourrait être moi, répondant à l'élan de prendre dans ses bras la Momie d'enfant, ce môme que Wiener a vandalisé, enveloppé dans un tissu imprimé de vagues et de motifs de serpents bicéphales, un tissu rongé par le temps ; puis je l'imagine partir en courant vers le quai, laisser derrière lui le musée, traverser la rue en direction de la tour Eiffel, sans avoir un projet bien précis en tête, juste pour s'éloigner le plus possible de cet endroit en tirant des coups de feu en l'air.

L'avion n'est pas arrivé à temps, c'est du moins ce qu'on dit habituellement quand quelqu'un meurt, comme si ce n'était pas nous qui arrivons toujours en retard, en toutes circonstances. Ma mère qui, pour changer, a passé des jours et des jours à éviter de me dire la réalité de la situation, s'est enfin décidée, elle m'a appelée pour que j'y vole, vole, Gabi, car ton papa n'en a plus pour longtemps; et j'ai dû reconnaître qu'au fond, j'aurais pu déduire que cela allait arriver. Désorientée, errant dans le terminal T4 de l'aéroport de Barajas, je me suis inscrite pour un voyage transocéanique avec un nœud dans la gorge, et lorsque j'ai atterri il n'y avait plus de nœud, plus d'intrigue, plus de père.

Personne ne te prépare à vivre un deuil, pas même tous les livres tristes que je lisais depuis une décennie de manière maladive. Je pouvais reconnaître Goldman en train de parler à un arbre dans une rue de Brooklyn, un arbre qui pouvait être son épouse, Aura, après qu'elle a été emportée par une vague. Ou encore Rieff, à l'hôpital, en train de dire quelque chose d'intelligent pour que personne ne se rende compte à quel point il avait été blessé par sa mère, l'égocentrique Sontag, incapable d'accepter qu'elle était en train de mourir. Ou encore Del Molino passant mille fois la même chanson sur son iPod pour tenir à distance la maudite leucémie de son bébé. Ou Bonnet répétant dans sa tête, afin de réaliser que son fils n'est plus là: "Daniel s'est donné la mort." Ou Hitchens ravagé par le cancer mais qui n'en avait rien à branler de Dieu. Ou bien encore Herbert se débattant avec l'idée d'être le rejeton d'une pute qui est en train de crever. Ah, tous ces livres que je me souviens d'avoir lus d'une traite, car chaque fois que je m'éloignais de leurs pages, j'avais l'impression d'abandonner leurs auteurs pour les laisser seuls face au danger, ce que je ne pouvais pas me permettre. C'est vrai, comme dit Joan Didion, que nous survivons au-delà de ce dont nous nous croyons capables. Et certains le font afin de pouvoir écrire, un jour, quelque chose qu'aucune personne sensée ne demanderait à écrire, un livre sur le deuil. Je ne pourrais jamais faire quelque chose de semblable.

En arrivant chez moi, dans la maison de famille, parmi la poignée de choses que mon père a laissées pour moi, je suis surprise de trouver le fameux livre écrit par Charles Wiener. Au-dessus de la gravure couleur marron qui représente le paysage de la région de Cuzco, sur la couverture, je reconnais les lettres rouges du titre et le nom de mon arrière-arrière-grand-père. Il y a aussi le téléphone portable de papa, dont il s'est servi à peine quelques heures plus tôt, et ses lunettes, posées sur un tas de feuilles quelque peu jaunies et desséchées par le temps. Je demeure ainsi quelques minutes, installée dans le vide que le simple testament de mon père feint de remplir. Je ne prends pas son téléphone tout de suite, comme si je m'efforçais de laisser le moins d'empreintes possibles sur la scène du crime. Mon père vient de mourir d'un cancer en phase terminale sur un lit d'hôpital. Et à présent, pour ne pas sombrer complètement, j'essaye de trouver ma place entre les îlots épars et les fosses insondables que son départ a laissés. On dit que dans les profondeurs de l'océan, les espèces les plus communes sont luminescentes. J'y pense toujours quand je me sens plongée dans le noir. Je pense à ces créatures qui réagissent chimiquement à la pénombre en produisant de la lumière. Je me dis que moi aussi, je peux le faire, que j'en suis capable, que si un mollusque a tout juste besoin d'un enzyme et d'un peu d'oxygène pour briller et tromper ses prédateurs, il n'y a pas de raison que je n'y arrive pas.

Je prends le livre, je me mets à le feuilleter en commençant par la fin et je m'arrête sur une annexe que je n'avais pas remarquée auparavant, signée par un certain Pascal Riviale. Elle a pour titre "Charles Wiener, voyageur scientifique ou homme des médias ?". Le texte, très bref, est écrit avec une ironie presque blessante, plus que ça, même, c'est pour ainsi dire un libelle ; Riviale y affirme que Wiener, plus qu'un scientifique, a été un homme habile en société et dans l'art de communiquer : "Son style parfois emphatique, d'autres fois sentencieux et plein d'humour – plus proche du romantisme lyrique d'un Marcoy que de la rigueur scientifique d'un D'Orbigny –, convenait davantage à un salon mondain qu'à un cabinet de travail." Plus loin il se gausse, lapidaire : "Son chemin était donc tout tracé : au diable la vérité historique, vive l'archéologie romanesque !" Son succès, disait-il enfin, se devait au fait qu'il avait su présenter au public une certaine image de lui-même. Je me suis alors souvenue d'une vieille rumeur qui court dans certains secteurs du monde universitaire : il y a des gens qui prétendent que Wiener est un charlatan, un imposteur.

Je finis par allumer le téléphone de mon père. Je veux savoir ce qu'il faisait dans ses dernières heures, passer un moment avec une partie de lui qui n'est pas encore morte. Je suis persuadée de faire quelque chose que la plupart des gens trouveront condamnable, mais la violation de l'intimité d'un mort est toujours relative quand il s'agit de ton propre père. C'est quelque chose qu'il te doit. La vérité, également relative, de certaines choses s'agissant de mon père fait partie d'un héritage qui m'appartient.

Je n'ai aucune hésitation, je cherche d'abord le nom de la femme avec laquelle mon père a entretenu une relation parallèle et clandestine de plus de trente ans et avec qui il a également eu une autre fille, née hors mariage. Et le premier courrier qui apparaît est un e-mail où il lui reproche une infidélité.

L'infidélité à l'intérieur de l'infidélité.

J'essaye les lunettes sales de mon père et, pour la première fois de ma vie, plus encore depuis que je suis descendue trop tard de cet avion, je sens que je dois commencer à penser sérieusement que quelque chose de cet être frauduleux m'appartient. Et je ne sais plus, alors, si je me réfère à mon père ou à Charles.

Dans toutes les maisons des Wiener que je connais, on trouve la même reproduction ringarde en noir et blanc du visage austère de l'Autrichien, encadrée et sur un meuble. On dit que l'original a toujours été dans la famille et qu'une des sœurs de mon grand-père l'a gardé jusqu'à sa mort.

Selon la légende, mon arrière-arrière-grand-père Wiener était un professeur d'allemand discret qui, du jour au lendemain, s'est transformé en Indiana Jones.

Un de mes oncles, dont on dit qu'il est celui qui lui ressemble le plus, était devenu historien inspiré par l'exploit de son arrière-grand-père; il était le seul à avoir vu le livre de Charles, *Pérou et Bolivie, récit de voyage,* en français, dans une bibliothèque parisienne dans les années 80 et il avait même envisagé de chercher un moyen pour le faire éditer au Pérou. Alors, quand la traduction en langue espagnole a finalement paru en 1993, il s'est senti un peu contrarié d'avoir été devancé, mais il était surtout enthousiaste car il allait enfin pouvoir lire le livre en question.

Le jour de la présentation de l'ouvrage à Lima, il y avait à la même table le traducteur du livre, un romancier en vue du nom d'Edgardo Rivera Martínez, l'ancien président du Pérou, Fernando Belaúnde, et d'autres Péruviens illustres, l'événement culturel était relativement important. Fière de voir enfin reconnu l'héritage de Charles, ma famille était présente, ce que les organisateurs n'ont pas manqué de signaler au public : “Ce soir, nous avons le plaisir de compter parmi nous les seuls descendants de Wiener dans notre pays”, ont-ils dit. Ils n’imaginaient pas que Charles avait eu un enfant au Pérou et que nous nous étions multipliés, loin de notre ancêtre. Nous aurions très bien pu être des imposteurs, mais ils n’ont pas pris la peine de le vérifier. En réalité, nous n’aurions pas pu prouver le contraire. Ma famille s’est alors levée, pour la première fois ce nom de famille pompeux et étranger leur servait à quelque chose.

Au-delà de sa photo posée sur le buffet ou sur la grande table dans nos maisons anonymes, Charles s’est fait connaître au Pérou comme un des premiers chercheurs européens à avoir confirmé l’existence de Machu Picchu, presque quarante ans avant l’arrivée d’Hiram Bingham et que la revue *National Geographic* ne prenne les premières photos du site, révélant sa majestuosité au monde entier. Dans la revue, sur les images en noir et blanc, le vert intense des montagnes avait l’air d’un noir profond, le sommet du Huayna Picchu apparaissait ceint d’une étole de nuages immaculés, la tour de guet semblait intacte, on voyait encore les trois fenêtres de ciel, le rocher taillé ou *intihuatana*, le cadran solaire donnant l’heure exacte. Charles a été tout près de tout cela, de fait il est celui qui en a été le plus près. À ce stade, je commence toujours à imaginer ce qu’aurait été ma vie si j’avais été l’authentique descendante du “découvreur” d’une des sept nouvelles merveilles du monde, même si nous savons en quoi consistent ces histoires de “découverte” de l’Amérique et de choses qui ont toujours été là. Si ça avait le cas, est-ce qu’à présent, j’aurais une piscine chez moi ? Aurais-je pu prendre le train touristique jusqu’à la citadelle sans rien payer ? Aurais-je pu réclamer des droits sur ces terres, comme le font de nombreuses personnes depuis que l’explorateur gringo a débarqué, en 1911 ? Aurais-je nécessairement laissé ma signature sur l'un des murs de granit de la Porte du Soleil – comme l'a fait Agustín Lizárraga, l'ingénieur des ponts de Cuzco, qui est arrivé sur le site en 1902, soit neuf ans avant Bingham, rien que pour clore le débat historique dans un geste punk, dépouillé, enfantin – et cela afin de dire quelque chose comme, s'il n'y avait pas eu mon arrière-arrière-grand-père et sa petite carte de la région, tu ne serais pas là en train de faire un selfie ?

Mais Wiener n'y est pas arrivé. Pire encore, il a laissé sur ses plans des indices et une localisation très proche de l'emplacement réel du site, ce qui a aidé Bingham à atteindre Machu Picchu, il est vrai qu'on ne sait jamais à qui profite notre travail. "On me parlait d'autres villes encore, de Huaina Picchu et de Matcho Picchu, et je résolus de faire une dernière excursion vers l'est, avant de continuer ma route vers le sud", écrit-il à propos d'un détour qui allait le conduire vers d'autres ruines bien moins importantes et, au bout du compte, l'éloigner de la découverte la plus extraordinaire de toute l'histoire du Pérou. Avoir été près, tout près, n'a jamais été une bonne excuse. D'ailleurs, parmi toutes les formes de l'échec, cette dernière est particulièrement irritante. Et personne ne voudrait la réclamer en héritage.

Dans son livre, grâce aux indications que les habitants de la région lui ont données au fil de son voyage, il a dessiné une carte précise de la vallée de Santa Ana, incluant les sites les plus importants, il était très près de la route réelle, mais il s'est finalement trompé de chemin et n'a rien découvert, alors il n'a pas pu être décoré pour être tombé sur un monument érigé des centaines d'années plus tôt, il n'a pas pu planter le petit drapeau ni chanter "La Marseillaise".

Il n'a pas connu le sort enviable de son arrière-arrière-petite-fille, alors que le XXe siècle touchait déjà à sa fin : fumer un pétard de marihuana à l'intérieur d'une pomme et se sentir pleine de reconnaissance au terme du voyage devant l'apparition stupéfiante, au milieu du brouillard, de la cité perdue des Incas, verte et rocheuse, après avoir gravi des sommets de près de cinq mille mètres au-dessus du niveau de la mer, être descendue par les longs sentiers de la vallée sacrée et avoir parcouru des kilomètres, durant plusieurs jours, au milieu de la forêt, sur le Chemin de l'Inca, dormant sous le ciel étoilé auprès de ses meilleures amies, mourant d'envie de tripoter leurs seins. Malgré tout, on pourrait l'affirmer sans mentir, je suis arrivée à Machu Picchu avant Charles. Moi, j'y suis simplement arrivée. Et pas lui.

Sur la quatrième de couverture du livre de 900 pages publié en France pour la première fois en 1880, le chercheur péruvien Raúl Porras Barrenechea plaçait Wiener, avec Cieza et Raimondi, parmi les grands voyageurs de l'époque du Pérou républicain. Belaúnde, quant à lui, mettait l'accent sur "l'observation pénétrante de l'humaniste" et l'historien Pablo Macera affirmait que pour Wiener "l'Histoire était une attitude vitale, bien plus qu'une méthode ou une évasion". J'aime la phrase de Macera. Quitte à être issue d'un homme blanc et européen, j'aimerai toujours mieux descendre d'un aventurier que d'un docteur honoris causa.

Mon père a précieusement gardé le livre durant des années, avec ses dizaines de gravures illustrant les coutumes de vie des indigènes, il était bien à l'abri, dans un coin spécial de notre bibliothèque. Chaque fois que j'ai essayé de mettre le nez dans les premières pages, pourtant, je l'ai aussitôt refermé, effrayée, incapable de le lire comme ce fascinant récit de voyage du XIXe siècle qu'il représente pour tant de gens. Incapable, surtout, de faire abstraction de ses affirmations à propos des Indiens sauvages. Rien dans ce personnage perdu dans son eurocentrisme, cet être violent et terriblement raciste, n'avait à voir avec ce que je suis, même si ma famille le glorifiait.

J'ai cessé de penser à ce livre durant des années. Ce pavé qui était presque aussi lourd dans ma conscience que dans la réalité se trouvait au Pérou et moi je vivais désormais de l'autre côté de l'Atlantique ; pourtant, de temps en temps, surtout lorsque, au hasard d'une conversation, j'évoquais l'anecdote de mon arrière-arrière-grand-père *huaquero*, le fait de ne l'avoir toujours pas lu me rongeait l'esprit. Après tout je suis écrivaine et, pour l'instant, c'est le seul Wiener à avoir écrit un livre à succès.

La mort de mon père coïncidera toujours avec la fête de la tomate. Moi je suis partie, et mon mari et ma femme ont décidé d'emmener notre fille à la dégustation de tomates de Perales de Tajuña, un village de la région madrilène, afin de l'éloigner des relents de la mort. Depuis que nous vivons tous les trois ensemble, nous n'avons rien vécu d'aussi triste ni d'aussi terrible. J'aurais dû participer à cette fête de la tomate du début du mois de septembre, être à moitié nue, mourant de chaud dans une contrée baignée par le Tage, au lieu de languir, en deuil, dans Lima la grise. Lors de ces dégustations, les agriculteurs présentent plusieurs dizaines de sortes de tomates, certaines sont aussi grosses qu'une tête et de toutes les couleurs, d'autres sont d'un rose phosphorescent et aussi charnues qu'un cœur.

Quand j'ai enfin un moment à moi, je lis un message de Jaime et un autre de Roci. Jaime dit qu'il va me raconter certaines choses que ma fille a faites. Ils l'avaient emmenée au village où nous avons l'habitude de cueillir les légumes qu'elle ne mange jamais. Plus tard, elle s'était mise à regarder des photos de son grand-père sur l'ordinateur et elle avait pleuré comme nous le faisons, nous, les adultes, sans dire un mot, rien que pour permettre que quelque chose en nous retombe avant de se relever. Elle avait choisi une photo, l'avait glissée dans un dossier qu'elle avait nommé "Abu". Elle avait aussi ouvert une photo d'elle qu'elle avait regardée durant un bon moment, avant de la percer de trous grâce au logiciel d'édition. Autour de cette image, elle avait créé plusieurs espaces vides, et Jaime pense que, dans chacun d'eux, elle voulait coller la photo de son grand-père qu'elle avait choisie. Mais elle n'y était pas parvenue, ou elle n'avait pas su comment s'y prendre. Peut-être qu'un jour on lui apprendra à remplir ces trous, même si le plus probable est qu'elle apprenne à le faire toute seule.

Roci me raconte qu'à cette même fête de la tomate, il y avait plusieurs très beaux couples gays qui se touchaient, transpiraient, s'aimaient, et qu'en raison de toute cette exubérance, je lui manquais. Aussi qu'elle avait imaginé une petite fille en train de pleurer dans un horrible aéroport et que cette petite fille, c'était moi. Telle était ma vie, je me suis beaucoup battue pour ne pas me conduire aussi mal que lui. Et voilà que, soudain, je me retrouve à l'endroit où je n'ai pas envie de me trouver. Par sa faute, parce qu'il est mort au pire moment, ou au meilleur. Lors de notre dernière conversation, je me souviens qu'il m'a dit avec une pointe d'humour qui m'a meurtrie : "Ah, ma petite, si à mon époque le polyamour avait existé…"

Ça fait à peine deux mois que j'ai foulé pour la dernière fois le sol de cette ville. J'aurais dû rester, je savais qu'il n'en avait sans doute pas pour longtemps, mais je suis repartie. Quand il m'a fait ce commentaire à propos du polyamour, pensant que sa remarque nous rapprocherait, je ne savais pas si je le reverrais vivant, alors, avant de nous quitter, nous avons loué une maison sur une des plages de Lima. En hiver, les plages de Lima évoquent les paysages de l'Arctique. Tout l'espace était occupé par le corps désormais sans corps de mon père, les mouvements appliqués de ma mère lorsqu'elle s'occupait de lui, lui donnant la becquée. Il se réveillait, parcourait les journaux, mais ça ne durait pas bien longtemps. Lui, le journaliste, l'écrivain, l'analyste, le lecteur fidèle de la presse quotidienne, celle qui était du même bord que lui et de l'autre, ne tenait désormais que quelques minutes avec les journaux sur son torse. Il ne pouvait plus écrire sa colonne quotidienne d'analyse de l'actualité, une colonne enflammée pour laquelle il mettait tous ses démons à la tâche. Je m'approchais du canapé dans lequel il dormait, je caressais son front et lui parlais du livre de José Carlos Agüero que nous venions l'un et l'autre de lire. C'était un livre sur le pardon, sur l'idée du pardon mutuel dans une société qui venait de vivre un conflit, et dans laquelle il faut apprendre à cohabiter avec l'ennemi qui a rendu les armes, un livre écrit pour la première fois par un type à part, complètement inconnu pour la plupart des Péruviens : le fils de deux anciens membres du Sentier lumineux. Mon père me racontait alors une fois encore l'histoire du père de José Carlos, il se souvenait de lui comme d'un courageux dirigeant syndical de la métallurgie qu'un jour il avait perdu de vue car il avait rejoint le Sentier lumineux et qui, par la suite, avait été fusillé durant l'opération contre la mutinerie des prisonniers d'El Frontón. Nous parlions surtout de la mère, qu'il avait connue lorsqu'elle était une militante de gauche, avant qu'elle ne devienne également membre du Sentier lumineux. Quand nous en parlions – et c'était la partie que je préférais dans cette histoire –, mon père reconnaissait que la mère de José Carlos lui plaisait beaucoup à l'époque, que, longtemps, il s'était senti attiré par elle. Elle avait été enlevée et assassinée sur une plage d'une balle dans la nuque, des années plus tard, alors qu'elle avait déjà quitté le mouvement. Mon père était un peu gêné par le ton de réconciliation du livre, il avait l'impression que José Carlos n'était pas suffisamment intéressé par la reconstruction du passé de ses parents et des raisons qui les avaient poussés à la violence, il le comparait à un enfant qui ne sait pas ce que font ses parents la nuit et qui, une fois adulte, décide que ça ne l'intéresse toujours pas de le comprendre. Pour moi, en revanche, la grandeur du livre ne résidait pas tant dans le témoignage ou dans un supposé règlement de comptes avec sa famille, mais dans l'effort pour penser ce que nous pouvons faire avec toute cette merde que la guerre nous a laissée. Et qu'une personne stigmatisée en tant que "fils de" le fasse me semblait plus courageux encore. Peut-être que papa se sentait blessé par l'apparent "mépris" de José Carlos. Il sentait peut-être qu'il lui était également adressé, qu'il l'était à toute sa génération. Après tout, depuis les années 60, avec ses camarades, ils avaient essayé de faire la révolution contre un système qui ne laisse aucun répit. Certains d'entre eux, en recourant à une violence bestiale, comme les parents de José Carlos, d'autres sans violence, comme mon père. Au fond, je crois que ce qui le dérangeait, c'était qu'un fils ne rende pas justice à son père.

Comment aurait-il voulu que je me souvienne de lui ? Est-ce que ma méthode, qui consiste à raconter mes propres faiblesses et à m'en moquer, lui aurait rendu supportable que j'évoque aussi les siennes ? Aurait-il accepté que je lui montre ses incohérences, comme s'il avait été un camarade de parti, que je pointe le conflit entre son engagement public et son éthique intime, le fait qu'il n'ait pas réussi à être aussi bolchevique en amour qu'en politique ? Allais-je écrire un livre pour *lui rendre* justice ?

La seule possibilité d'écrire à son sujet me donne l'impression d'être un clown, en réalité, comme le protagoniste du roman de Heinrich Böll, *La Grimace*, qui, un jour, alors qu'il est maculé de café, va voir son père, et ce dernier croit que c'est encore une de ses blagues de clown, alors qu'en réalité il avait voulu se faire un café et s'était complètement loupé. Un des dangers auxquels on s'expose, quand on est un clown, est de ne jamais être pris au sérieux. Il nous arrive la même chose à nous, qui écrivons. Je ne veux pas rire de mon père ni être injuste, mais je suis maculée de café, des pieds à la tête.

Même si mon grand-père votait pour Belaúnde et qu'il a élevé ses enfants avec sévérité, l'aîné, le communiste, a toujours eu des mots respectueux à son égard ; j'ai toujours entendu mon père parler du sien depuis ce lieu étrange qu'est la compréhension pour un enfant, à savoir la perplexité. Dans les années 80, mon père et mon oncle avaient été emprisonnés car ils étaient rouges et s'opposaient à la dictature de l'époque, mais mon grand-père ne leur a jamais reproché leur engagement. Il détestait les militaires autant qu'eux. J'aurais pu continuer à penser à tout ça, mais soudain j'ai été prise de l'envie d'imaginer mon père et la mère de José Carlos en train de baiser derrière une porte, lors d'une assemblée quelconque, à côté d'une pile de drapeaux rouges frappés de la faucille et du marteau.

Jamais je n'avais imaginé qu'un jour j'allais pouvoir prendre un mort dans mes bras, mais voilà que ma mère nous tire par la manche avec conviction, comme pour dire ce n'est pas un zombie, c'est votre père. Un peu plus tard, alors que nous nous apprêtons toutes les trois à l'habiller, je grave en moi l'image de ses tétons rouges pour ne jamais les oublier, je caresse également pour la dernière fois le grain de beauté de sa cheville, celui qui lui faisait émettre un sifflement chaque fois que j'appuyais dessus.

La mort : savoir que plus jamais tu n'entendras ce son.

Ensemble, ma mère et moi, nous parvenons à peine à le déplacer. Percevoir la rigidité de ce qui est mort dans un corps que l'on a toujours connu vivant est une expérience nouvelle. Il est extrêmement lourd, car durant les derniers jours il s'est rempli d'eau. Comme c'est bizarre que certaines morts ressemblent à des noyades. Il ressemble à cela, à un corps rejeté par la mer après un périple au milieu de vagues violentes. Ma mère s'exécute avec assurance, comme toujours, elle semble se suffire à elle-même. On voit bien qu'elle a derrière elle beaucoup plus de morts que moi. Pour moi, c'est la première fois. Ensuite, nous mangeons un minestrone dans la cafétéria de l'hôpital et la vie me semble incroyable, c'est incroyable que ce plat soit aussi vert et savoureux.

Alors que nous nous dirigeons vers la salle des funérailles, je me souviens que, comme moi, mon père n'a pas pu dire au revoir au sien. Mon grand-père mort d'un infarctus alors que mon père était en mission politique et journalistique en Europe. Lorsqu'il est revenu au Pérou, un mois plus tard, il n'avait plus de père. Et, à présent, moi non plus.

Lors des funérailles, je suis la troisième veuve que toute la gauche péruvienne couvre de baisers baveux au milieu d'une assemblée qui crie "Un révolutionnaire qui meurt ne meurt jamais". Là, debout, enfin devant son cercueil, parmi les fleurs envoyées par un ex-président et celles qu'a envoyées l'avocat d'un leader terroriste emprisonné, comme ma fille devant l'hommage rudimentaire qu'elle a rendu à son grand-père disparu sur Photoshop, je me sens cernée de trous que j'ai moi-même percés, mais que je ne sais pas comment remplir.

Je sais certaines choses à propos de ce monsieur, plus que je ne voudrais. Je connais son crâne légèrement pointu, son front large, sa calvitie précoce. La moustache sombre et la barbe épaisse sur son visage blanc. Sa tête de Freud, ou de n'importe quelle autre célébrité germanique de la philosophie ou de la psychologie. Même s'il n'était encore qu'un jeune professeur d'allemand dans un lycée français. Sérieux et dans la maîtrise constante, dans cette attitude professorale ou paternelle qui joue sur la peur. C'est du moins ainsi qu'on le voit sur la photo de lui que je connais, prise à l'époque où on lui a confié sa mission en Amérique du Sud. Il n'est pas arrivé dans le Nouveau Monde avec des épées et des chevaux, mais muni d'une méthode scientifique et d'un carnet de notes pour comprendre ceux qui n'étaient pas comme eux.

Lui non plus n'était pas comme eux, mais il voulait l'être.

Il a d'abord été Karl Wiener, un Juif autrichien, fils de Samuel et de Julia. À la mort de Samuel, sa famille décide de quitter Vienne pour Paris, le jeune Karl était alors âgé de seize ans. En France, il prend le prénom de Charles et la prononciation germanique de son nom, "Vina", se francise pour devenir "Vinerg" dans la bouche des gens. Moi, on m'appelle "Viner", mais on m'a aussi appelée Weïner, Waïner, Weïmer et même Winter, comme le chocolat.

Alors que son verbiage avait déjà beaucoup de succès dans les salons de la Société de géographie de Paris, où il faisait étalage de certaines idées libérales qui auraient horrifié son arrière-petit-fils, autrement dit mon socialiste de père, le jeune Wiener a publié son premier essai. Le sujet en était l'"empire communiste" des Incas, un régime fondé sur l'égalité sociale et par conséquent, d'après sa théorie, autoritaire et contraire à la liberté. Dans ses textes, il défendait l'idée délirante selon laquelle Louis XIV se serait inspiré des Incas lorsqu'il a prononcé sa fameuse phrase "L'État, c'est moi".

Son pouvoir de persuasion était tel que grâce à quelques lettres de recommandation et à un plan détaillé de son projet d'exploration, il a réussi à être mandaté par le gouvernement français, en 1876, pour mener des recherches archéologiques et ethnographiques qui avaient pour objectif d'être présentées dans le cadre de la grande Exposition universelle de Paris de 1878, une immense foire où on montrerait les principales avancées scientifiques et artistiques du monde, du monde tel qu'ils le concevaient. Ce qui impliquait la spoliation de dizaines de civilisations anciennes.

En arrivant au Pérou, Wiener a parcouru des régions jusqu'alors peu explorées. Par un homme blanc, s'entend. Durant presque deux ans, il a d'abord voyagé sur la côte, de Lima à Trujillo, pour se diriger ensuite vers les Andes, depuis Cajamarca jusqu'à Puno, avant de finir son périple en Bolivie. À son retour en France, il a demandé sa naturalisation et s'est converti au catholicisme. Il a fait de bonnes choses, comme ses cartes des montagnes du centre du Pérou, considérées comme très précises ; ses collections ont alimenté les fonds du musée d'Ethnographie du Trocadéro, du musée de l'Homme ou du musée des Colonies, avant de finir au quai Branly.

Son expédition, source d'inspiration pour de nombreux voyageurs, a été considérée comme un grand succès, mais au lieu de profiter de la reconnaissance dont il jouissait désormais pour poursuivre sa carrière scientifique, il a pris l'étrange décision d'arrêter les expéditions pour devenir diplomate.

À partir de ce moment-là, sa vie m'intéresse moins. Malgré ses zones d'ombre, la légende de l'ancêtre voyageur a traversé les générations, en grande pompe mais avec peu de contenu. On ne nous avait jamais dit que l'homme en question n'avait passé au Pérou que deux ans de sa vie.

S'il a débarqué dans le port de Callao en février 1876, il a dû faire la connaissance de María Rodríguez au mois d'août de la même année ; ils ont dû se reproduire durant les semaines que Wiener a passées à Trujillo, une ville de la côte nord, où il fait toujours chaud et où María était née.

Carlos Wiener Rodríguez, mon arrière-grand-père, est né le 6 mai 1877 lorsque Wiener se trouvait déjà en Bolivie. Il est si difficile d'aborder ces sujets dans ma famille que pour l'expliquer nous utilisons des métaphores liées à la conduite automobile, nous disons que ça a été "une collision suivie d'un délit de fuite", mais ce qui prévaut, c'est le silence. María a fait baptiser le petit Carlos alors que Wiener était apparemment déjà reparti en France. Non seulement l'enfant n'a jamais connu son père biologique ni reçu une seule lettre de sa part, il n'a pas non plus posé beaucoup de questions à sa mère, il les a enfouies au fond de lui et n'a évoqué le sujet avec aucun de ses dix enfants ; il est mort jeune, emportant ses tribulations dans la tombe, laissant le silence pour seul héritage. L'Européen a laissé derrière lui un enfant péruvien qui à son tour a eu dix enfants, parmi lesquels mon grand-père, qui a eu mon père, qui m'a eue, moi, qui suis la plus amérindienne des Wiener.

Mon grand-père n'entrait pas non plus dans les détails à propos de Charles, essentiellement parce qu'il n'en avait pas. C'est étrange, la façon dont dans cette famille, durant tant d'années, on a réussi à faire cohabiter la fierté du patriarche et la honte de l'abandon dans un seul geste.

Si j'essayais de faire un résumé semblable de ma vie, il faudrait ajouter à ma condition actuelle d'immigrée vivant en Espagne et issue d'une ancienne colonie espagnole, la bâtardise engendrée par les expéditions scientifiques franco-allemandes du XIXe siècle, des mouvements géopolitiques qui font de moi à la fois la descendante d'un universitaire et un objet archéologique et anthropologique de plus.

Je suis la fille de l'épouse. Je le formule de cette façon car il y a un livre de l'autrice américaine A. M. Homes qui a pour titre original *La Fille de la maîtresse*. Moi, je suis exactement le contraire. Homes a été adoptée à la naissance, et plus de quarante ans après, sa mère biologique a débarqué dans sa vie, une mère fragile et pusillanime qui avait renoncé à elle car l'homme dont elle était tombée enceinte, son amant, était un homme marié. Le livre reconstruit l'histoire de ses origines. Être la fille de la maîtresse est très mal vu, on y associe le stigmate de la descendance impure, c'est une marque de naissance que l'on garde toute sa vie. Il y a des enfants qui naissent sous ce signe et, une fois adultes, continuent à habiter dans l'ombre de ce qui est non officiel, rejetés par leurs familles, ignorés et destinés à fonder la leur également dans l'ombre. Dans la Grèce antique, les bâtards étaient vendus comme esclaves, à Rome ils étaient exclus des droits de succession et vivaient isolés, sans famille.

On suppose, en revanche, qu'être la fille de la femme légitime, c'est bien. Surtout si le mari ne quitte jamais sa femme. Personne ne remet en cause ta place dans le monde. Tu fais partie de l'institution et de l'ordre, même si on les malmène chaque jour. Mais moi, c'est tout le contraire qui m'arrive. Je n'ai jamais considéré qu'être la fille de l'épouse était quelque chose de digne. Pourquoi aurais-je envie d'être la fille de la femme trahie, alors que j'aurais pu être la fille d'une passion inéluctable, le fruit d'une relation clandestine, pleine d'attirance et d'empêchements ? Cela aurait pu faire de moi une bâtarde fière de l'être, comme le revendique la Bolivienne María Galindo, j'aurais pu devenir *la mémoire qui active le conflit*, le produit de quelque chose de *lointain et violent*. Pourquoi essayer de diluer la contradiction, pourquoi chercher l'authenticité, la paix, le métissage ?

En plus, si Carlos Wiener était le bâtard de Charles Wiener, toute ma famille est bâtarde, toute ma famille descend de l'autre.

La bâtardise court dans mes veines, des deux côtés. Le plus jeune frère de Victoria, ma grand-mère maternelle, était en réalité son fils, le frère bâtard de ma mère. Ma grand-mère avait eu un enfant à quinze ans, visiblement avec un inconnu. Nous ne savons pas comment, nous ne savons presque rien à ce sujet, seulement que Victoria a donné l'enfant à sa mère pour qu'elle l'élève et on a inventé cette histoire, à savoir qu'il s'agissait de son frère. Elle a caché sa maternité et elle a sans doute souffert de ce silence. Elle est morte sans dire un mot à ce propos. Nous sommes nombreux à penser que ma grand-mère a mis dix ans à mourir à cause de ce secret.

Moi, en revanche, je suis la fille de l'épouse.

Je passe des heures à lire sur son téléphone les e-mails que mon père a écrits à la femme qui n'est pas ma mère. Ce sont les courriels d'un homme désespéré. Il écrit presque toujours des messages longs et poétiques. Elle est au contraire très parcimonieuse. Je suis gênée de lire ses réponses cassantes et froides, alors que mon père s'efforce de chercher les mots les plus beaux. Je savais déjà qu'il avait pour habitude d'être romantique et affectueux dans ses lettres. J'en ai lu beaucoup, envoyées à ma mère alors qu'ils étaient tous les deux de jeunes militants de gauche, amoureux de leur vie et de la révolution. Mon père se montrait également affectueux dans les lettres qu'il nous écrivait à ma sœur et à moi et il nous parlait des enfants travaillant dans les champs qu'il avait vus au cours de ses voyages afin de faire naître en nous la flamme du socialisme. Mais je ne l'imaginais pas aussi passionné. Mon père était déjà grand-père, mais il continuait à écrire comme un adolescent frétillant.

Il souffrait, visiblement l'amour le faisait toujours souffrir, c'était un amant tourmenté qui ne trouvait jamais dans les yeux de sa bien-aimée la sécurité et le désir dont il avait besoin. Il vivait de manière extrêmement douloureuse ses trahisons à elle, son indifférence ou son comportement instable. Il se peut également qu'il se soit agi d'une phase qui a fini par s'apaiser, comme c'est toujours le cas dans l'état amoureux, en raison de sa fugacité ou à force de brûler. Je ne le saurai jamais.

J'ai conscience d'essayer de reconstruire quelque chose grâce aux fragments volés d'une histoire incomplète.

J'ai les e-mails amoureux adressés à ma mère, car il nous mettait toujours en copie, ma sœur et moi. Pourquoi le faisait-il ? Voulait-il nous prouver qu'il aimait encore notre mère ? À quel point mon père a dû aimer ma mère, pour ne pas tenter de vivre avec l'autre femme qu'il aimait. À quel point il a dû aimer sa maîtresse pour ne jamais la quitter pour la femme qui l'a accompagné toute sa vie. Et aussi à quel point on peut être dans le désamour, alors même que l'on croit aimer. J'aime penser que, dans son cœur, ces deux amours ne s'excluaient pas mutuellement, mais comment en être sûre.

Je ne veux pas être injuste, tirer des conclusions à partir de quelques messages écrits il y a déjà des années, plusieurs années avant qu'il ne tombe malade et meure, et de surcroît pour justifier mes propres choix. Je suis en train d'imaginer la vie amoureuse de mon père à partir de quelques faits, de quelques personnes, de quelques silences, de quelques messages. Mais cet acte de grande indiscrétion ne fait peut-être qu'occulter ma propre lâcheté à l'heure d'affronter le manque d'arguments, de justifications.

Entre-temps, qu'est-ce qui s'est brisé en moi ? Et quand, au juste ?

Dans une lettre adressée à l'autre, il lui dit : "La première fois que Gaby, ma fille, est entrée chez toi, elle m'a dit que dans mes yeux on voyait que j'étais amoureux, aussi que dans la manière que tu avais de te comporter, tu te conduisais comme si tu étais ma femme. Je lui ai caressé la tête et j'ai souri en raison de la franchise avec laquelle elle s'exprimait. C'était en 1996, Gaby avait vingt ans. Depuis ses dix ans, elle avait grandi avec la vague idée de ta présence."

Je m'en souviens. Il m'a caressé la tête et m'a souri en raison de ma franchise. Je me rendais parfaitement compte de la situation et je lui adressais un signe. Je m'assurais ainsi qu'il m'aimait toujours, qu'il m'aimait, moi, surtout ; je voulais la vérité, ou plutôt je ne me satisfaisais pas du mensonge ; je voulais qu'il continue à être mon père, en insinuant que je connaissais son secret. Je voulais être sa complice et ainsi, d'une manière obscure, à mon tour, je trahissais ma mère.

Enfant, j'adorais fouiller dans les tiroirs de mes parents pour lire leurs lettres. Je suppose que c'est de cette façon que je l'ai appris. Je sais que c'est mal, mais avec les années, ma veine de détective des affaires de famille n'a fait que s'aggraver.

Lorsque j'avais dix ans, j'ai répondu à un appel et la personne qui voulait lui parler a dit : "C'est de la part de sa petite amie." Je venais d'avoir mes règles pour la première fois, je croyais que j'avais fait caca dans ma culotte.

L'après-midi, je m'allongeais sur le canapé pour lire *Cent ans de solitude*, le livre préféré de mon père. Quand j'étais petite, pendant le petit-déjeuner, il me récitait des passages entiers qu'il connaissait par cœur, des fragments de l'histoire des Aureliano et des José Arcadio, des gens importants empêtrés dans des embrouilles amoureuses. J'en ai déduit que les affaires de cœur étaient une chose très naturelle chez les hommes importants. Je lisais et j'étais excitée par les passages les plus sexuels, sous la lumière qui filtrait par les persiennes du salon à peine ouvertes, captivée par les descriptions des personnages féminins, tantôt féroces, tantôt évanescents. Pourtant, même si je parvenais à faire abstraction de ce qui m'entourait grâce à la fiction, la réalité venait à moi, elle était à mes trousses et finissait par me trouver. "Comment ça, une petite amie? Il a une femme..." J'entends encore l'écho de ma voix brisée de petite fille luttant pour préserver les dernières secondes de sa logique innocente, avant de la perdre pour toujours. J'écris pour répondre à cette question que je me suis posée d'une voix tremblante avant de raccrocher.

Chaque jour, je m'envoie à moi-même, depuis sa messagerie, les courriers qu'il a écrits aussi bien à ma mère qu'à ma belle-mère cachée. Puis j'oublie que je l'ai fait, et je suis surprise en découvrant dans ma boîte de réception un nouveau mail de mon père, avec son nom en gras, un message non lu, et l'espace d'un instant, mais rien qu'un instant, je crois qu'il m'a vraiment écrit, que j'ai reçu un courrier de lui, envoyé depuis la mort.

Dans ses e-mails, parfois, il parle de ses maladies. Mon père a si souvent feint d'être malade pour dormir de nouveau avec ma mère sans que son amie n'ait de soupçons, et vice versa, qu'il a fini par tomber malade pour de vrai.

Il avait des dossiers différents, avec différents noms de femme. Elle et ma mère avaient un dossier à leur nom avec plein de courrier, et il y avait deux ou trois noms supplémentaires, contenant pas plus de deux ou trois courriers chacun. Il archivait ses relations et ses échanges avec les femmes.

Il avait un dossier pour l'amour et un autre pour le désir. Comme c'est curieux, il arrivait à organiser dans des dossiers virtuels ce qu'il était incapable d'organiser dans la vie.

Lorsque je l'ai découvert, je n'ai pu m'empêcher d'y penser, d'avoir peur, de pleurer, de me retrouver violemment confrontée à la nature humaine. Je pense à Jaime et à Roci, à leurs vies secrètes, aux miennes, à ce que j'ai toujours craint, à ce que j'ai toujours craint de moi. Est-ce que je pourrai un jour cesser d'avoir peur ? Je n'aimerais pas devenir un simple dossier associé à un nom.

Nous avons tous un père blanc. Je veux dire par là que Dieu est blanc. C'est du moins ce qu'on nous a fait croire. Le colon est blanc. L'histoire est blanche et masculine. Ma grand-mère, la mère de ma mère, appelait mon père, le mari de sa fille, "monsieur", car elle n'était pas blanche, mais *chola*, indienne. Je trouvais très bizarre d'entendre ma mamie s'adresser à mon père avec ce respect excessif et immérité. "Monsieur Raúl", c'était mon père.

À l'époque où les enfants de l'école me traitaient de noire comme s'il s'agissait d'une insulte, je me sentais à l'abri lorsque je le prenais par la main afin que tout le monde sache que cet homme un peu blanc était mon père, ce qui me rendait moins noire, moins susceptible d'être insultée. Je suppose que maintenant qu'il est mort, la minuscule part de blancheur qu'il y a en moi est partie avec lui, même si je continue à n'utiliser que son nom de famille, et jamais celui de ma mère, pour signer tout ce que j'écris.

Pendant très longtemps, j'ai pensé que la seule chose que j'avais de blanc c'était ce nom de famille, mais mon mari dit que "ma tache" est exactement inverse à celle de Coleman, le personnage de Philip Roth, ce professeur universitaire qui veut cacher sa négritude. Mon identité marron, *chola* et *sudaca*, ce terme utilisé en Espagne pour dénigrer les Latino-Américains, tente de dissimuler la Wiener que je porte en moi.

Ma mère a forgé son mythe personnel sur l'origine de notre petite famille, celle que nous formions, mes parents, ma sœur et moi. D'après elle, cette légende est écrite dans la nature et sur les cartes fluviales : il y a un point dans la géographie du monde, au sud du Pérou, où un affluent du fleuve Bravo croise le fleuve Wiener, et cette convergence fortuite débouche sur le fleuve Salud, "Santé". C'est très difficile de mener une existence toxique avec une telle prophétie. Mais ce n'est pas tout à fait impossible.

Enfant, je savais déjà que j'étais issue de deux mondes très différents, celui des Wiener et celui des Bravo, même si c'étaient deux noms de famille qui évoquaient, quoique en forçant un peu, le triomphe et les applaudissements. Les deux familles avaient des origines relativement humbles, mais à Lima c'est très différent d'être un pauvre originaire de la région d'Ancash ou de Monsefuano et un pauvre descendant d'Européens. Lorsque les Wiener et les Bravo ont commencé à fonder leurs familles respectives dans les années 40, ils vivaient tout près les uns des autres, sans se connaître pourtant, dans des quartiers populaires de la banlieue de Lima. Peu à peu, grâce au travail invisible de mes grands-mères et aux efforts de mes grands-pères qui se tuaient à la tâche, ils ont accédé aux secteurs où vivait la classe moyenne, les quartiers de Jesús María et de Magdalena, ils ont commencé à mieux manger, à voyager dans d'autres régions du Pérou, à nager une fois par an dans les lagunes de la Huacachina ou dans les sources thermales de Churín, à aller au cinéma, aux corridas ou à assister à des concerts de zarzuela, ils ont pu envoyer leurs enfants dans des écoles de curés et de bonnes sœurs, plus tard à l'université, et leur offrir une vie assez digne. Mon grand-père Bravo était charpentier. Mon grand-père Wiener travaillait dans l'administration. Mes grands-mères allaient au marché, cuisinaient en silence et gardaient leurs petits-enfants avec amour. Les Wiener n'étaient pas des Blancs pouilleux, pas plus que les Bravo n'étaient des *cholos* de merde, mais leurs vies ont suivi leurs cours respectifs de manière parallèle, comme seules peuvent le faire des vies que la couleur de peau sépare dans l'ancienne capitale de la vice-royauté du Pérou. C'est pour cela, peut-être, que les Wiener ont réussi à s'accrocher comme une teigne à la classe moyenne stable, alors que les Bravo ont toujours vécu dans un équilibre précaire, au bord du précipice.

Jusqu'au jour où ces deux vies se sont rejointes, comme des fleuves.

Mon père est le seul à ne pas s'être marié avec une métisse blanche. Ses deux frères l'ont fait. Le frère de ma mère a épousé une métisse blanche. Ma mère s'est mariée avec un homme métis blanc.

Mais mon père a épousé une *chola*.

Pendant très longtemps, quand j'étais enfant puis adolescente, j'ai voulu me sentir plus Wiener que Bravo, car j'avais l'intuition que cela supposerait plus de privilèges et moins de souffrances. Pourtant, mes traits physiques – cette couleur de peau marron qui fait de moi une Indienne en Espagne et au Pérou une "couleur de porte" – m'ont transformée en une Bravo de plus. Quand je suis venue vivre à Madrid et que j'ai su ce que voulait dire *sudaca*, je n'ai pas été surprise. À Lima, j'avais souvent entendu associer ma couleur de peau à celle du caca.

Mes grands-parents paternels étaient si blancs que je ne me sentais pas à l'aise avec eux. Quand mon grand-père blanc est mort, ma grand-mère blanche s'est mise à nous toucher un peu plus et à péter tandis qu'elle passait d'une pièce à l'autre, elle a fait son coming out de catholique sympathique et m'a appris à tricoter. Ma grand-mère *chola* me berçait sur ses jambes et m'apprenait à prier, tandis qu'elle s'adressait à mon père comme si elle parlait au propriétaire de l'hacienda, jusqu'au jour où elle est tombée malade et s'est mise à envoyer bouler tout le monde.

La grand-mère de ma mère, Josefina, a eu six enfants avec des hommes différents. Ma mère dit que c'est de cette façon que Josefina a survécu à la pauvreté et à l'abandon, elle s'installait toujours avec un nouvel homme pour offrir un foyer à ses enfants. La fièvre de Malte a condamné mon arrière-grand-mère à passer plusieurs décennies dans un fauteuil roulant, c'est depuis ce fauteuil qu'elle prenait toutes les décisions familiales. Quand j'étais petite, c'était déconcertant d'aller lui rendre visite. Je ne comprenais pas qu'alors que nous étions de la même famille, il pût y avoir un tel abîme entre nous.

À Lima, j'ai encore plusieurs jours de deuil devant moi, mais je n'ai pas envie de voir qui que ce soit. Hier, j'ai éteint le téléphone de mon père durant un bon moment. Je vois bien que je cherche à retrouver les endroits que j'ai fréquentés avant de connaître cette perte, mais ils ne me sont plus aussi familiers. Parfois il fait beau, alors nous allons avec ma sœur et mon neveu boire des *cremoladas* chez Curich. Nous prenons trois parfums différents, fruit de la passion, lucuma et corossol. Rien ne me rend plus heureuse que les fruits givrés avec du sucre. Surtout si un peu de soleil s'échappe entre ces grosses plaques de nuages qui bouchent toujours le ciel de cette ville, le ciel le plus injuste que je connaisse. Nous désirons secrètement que quelque chose vienne rompre cette quiétude, n'importe quoi, le tonnerre, les pleurs exagérés d'un enfant, la nuit. Cela fait plusieurs jours que ma sœur et moi avons arrêté de nous consoler mutuellement, nous laissons juste couler nos larmes tout en continuant la tâche qui nous occupe. L'impression que nous avons, c'est que la vie ne nous a pas laissé le temps de tuer notre père, de nous construire à partir de cet acte symbolique, et nous sommes là, à contempler le paradoxe qu'il y a à perdre quelque chose d'aussi compliqué qu'un père, tandis que nous marchons vers la promenade qui se trouve devant l'océan, juste ce qu'il faut pour regarder les parapentes se lancer dans le vide, agiter leur couleur au-dessus du néant. Cela paraît simple, prendre son élan, courir et décoller. S'élever. La mer trouble de Lima va et vient, elle remplit mes yeux, les vide. Mon neveu nous regarde depuis sa quiétude orientale.

La nuit je me masturbe, je mange une cochonnerie, je bois du Coca-Cola, je réponds à des messages de condoléances avec des émoticônes, je chate sur des sujets sexuels avec des gens que je connais peu. Je m'enferme avec le livre de Charles dans la chambre qui se trouve tout au fond de la maison, celle qui autrefois a été ma chambre, et j'avance dans la lecture, incrédule devant ces pages ; j'écris des e-mails à mon mari et à ma femme, je leur raconte que je passe mon temps à me masturber en silence et à lire ce pavé, la bible de ma famille, où des affaires immenses telles que le passé ou l'histoire dépendent d'un unique regard, celui de quelqu'un qui décide ce qu'il va raconter et ce qu'il va omettre, une sorte de Dieu. Il y a des moments où le voyageur contradictoire capitule face à la magnificence du passé inca, il est subjugué devant les vestiges de leur architecture et fournit un effort pour capter la complexité du Péruvien du présent. Et d'autres moments où la calomnie dont il est capable le fait jubiler.

J'aime envoyer sur le groupe WhatsApp que nous avons, mes deux conjoints et moi, mes petites trouvailles de citations affreuses de Wiener, par exemple celle où il se réfère aux Péruviens comme à des gens dotés d'une "constitution abusive" et "malsaine", où l'on peut trouver "les causes néfastes de la momification de ce peuple et de la dépravation des individus". À propos de l'Indien autochtone, il dit "il n'a pas su mourir, c'est bien pour cela que l'Indien ne sait pas vivre". Et il fait une description cruelle du cycle de sa vie : "Enfant, il ne connaît pas la joie, adolescent, il ignore l'enthousiasme, adulte, l'honneur, vieillard, la dignité."

Un visionnaire, me dit Jaime sur le chat, et nous rions comme des nazis, car nous refusons de nous vexer. Ce serait trop facile. Car Charles juge "ces momies indignes" déterrées par des Espagnols, des Autrichiens ou des Français, ou encore par des Autrichiens qui veulent être des Français, il les considère depuis sa propre topographie, mais nous, nous nous jugeons nous-mêmes avec ironie, depuis la conscience que nous avons d'être le produit de cette confrontation.

Son acharnement est si grotesque qu'il en devient risible. Je me dis que s'il avait du talent pour quelque chose, c'était bien pour l'insulte. Et ça, d'ailleurs, c'est aussi quelque chose dont on hérite. Il y a des écrivains qui restituent la beauté au monde, d'autres, en revanche, qui lui crient sa laideur. Si seules ces deux possibilités existent, je me dis que Wiener n'est pas un écrivain, c'est le troll de toute une civilisation.

J'ignore pourquoi je réalise ce rituel, ce que je cherche dans le regard d'un observateur extérieur, celui d'un salaud d'américaniste. Mais voilà que je tombe, sans grand enthousiasme, sur un passage qui m'interpelle. Sur le chemin de Puno, en passant devant une grande ferme du nom de Tintamarca, le propriétaire suggère à Charles de prendre avec lui un Indien, afin que les scientifiques européens puissent se faire une idée de cette race. Wiener lui répond que trouver un Indien, plus encore un enfant, est une entreprise très difficile, ça fait plusieurs jours qu'il essaye de faire en sorte que l'un d'eux le suive, mais impossible. L'homme lui conseille alors de l'acheter : "Vous donnerez quelques piastres à une pauvre *chola* qui meurt de soif et qui fait mourir sa progéniture de faim ; c'est une Indienne horriblement ivrognesse. En échange de quoi, elle vous fera cadeau de son petit. Vous ferez une bonne action par-dessus le marché." Wiener part à la recherche de la femme et de l'enfant, il demande à ce dernier comment il s'appelle, il lui répond "Juan", il lui demande s'il a un père et il répond en quechua que non. "J'ai rarement vu spectacle plus repoussant, écrit Wiener. Cette mère, jeune encore, rongée par tous les vices, et ce petit être ayant pour unique vêtement un poncho qui lui tombait à peine jusqu'aux reins ! Ma résolution fut bientôt prise." Il réveilla la mère qui s'était endormie, "et nous fîmes l'échange des 'cadeaux' projeté. J'engageai le petit à dire adieu à sa mère ; il semblait ne pas savoir ce qu'on lui voulait ; mais la mère comprit très bien, et, de sa main tremblante d'alcoolisme, elle fit sur son enfant le signe de la croix. J'eus un frémissement de dégoût en voyant cette bénédiction du vice ; puis je chargeai mon petit sur une mule. [...] Et nous voilà en route. Alors le petit Juan comprit et se crut obligé de pousser quelques hurlements. Je lui demandai ce qu'il voulait. Vous pensez qu'il demanda à retourner auprès de sa mère, à ne pas quitter son pays, à rester sauvage ? Rien de tout cela ; il me demanda de l'eau-de-vie !"

Je prends une bonne gorgée de Coca-Cola, les bulles blessent ma gorge tels de petits couteaux, puis je lis le passage pour la deuxième fois, mais à voix haute. Quand je le fais, ma voix semble brisée, méconnaissable. Je suis stupéfaite.

Wiener achète sur la route un enfant indigène à sa propre mère. Et non seulement il lui soustrait l'enfant, mais en plus il la brutalise dans le récit de son propre mythe de sauveur blanc. Il tisse la légende de sa bonté supérieure tandis qu'il transforme la possibilité d'un secours en violence et réaffirmation narcissique. Culpabiliser la mère, en plus, c'est un truc qui a toujours marché pour perpétrer le vol d'enfants. Que ce soit le fait d'un père, d'un État démocratique ou d'une dictature, que cela se passe dans des cages installées à la frontière américaine ou lorsqu'on retire la garde des enfants à leurs mères migrantes sur les côtes européennes. Comme si le fait de leur faire traverser la mer ou le désert était un élan maternel de mort et non de vie. Comme si la cuite misérable de cette femme indigène n'avait pas succédé à l'ivresse de pouvoir d'un tas de barbus juchés sur des bêtes. Et, en plus, Wiener s'ingénie à lui adresser des reproches inspirés par le dégoût.

Je n'avais jamais entendu parler d'un enfant acheté, ou peut-être devrais-je dire volé par Wiener, j'ignore pour quelle raison ni mon oncle historien ni mon père ne l'ont mentionné, il n'en est question dans aucune des biographies de Wiener auxquelles j'ai pu accéder. Tout juste s'agit-il d'une note en bas de page dans son long périple. Ils ne le savaient pas, ou alors ils ne lui ont pas accordé d'importance. L'existence de Juan, qu'elle soit hypothétique ou réelle, engendre une pluie d'images quant à la vie qu'il a pu avoir, toutes sortes de possibilités apparaissent à l'horizon.

Dans son livre, Charles raconte comment ils ont regagné Cuzco depuis Puno, et comment il s'est rendu compte, au moment où un train est passé devant l'enfant émerveillé, que Juan n'en avait jamais vu. L'enfant a désigné le train en langue quechua par une périphrase qui pourrait se traduire par “cette rue qui remue et qui fume”. Je répète à plusieurs reprises la phrase qui enchante l'Européen, j'imagine Juan, avec son poncho coloré, se déplaçant à l'intérieur d'un train comme dans une rue en mouvement qui crache des signaux de fumée, tenant la main d'un homme qui l'éloigne des métaphores.

Attendri par l'ignorance et la candeur de l'enfant, de son propre aveu, Wiener décide de l'emmener avec lui en Europe, en France, pour vérifier si, éduqué loin du monde indigène, il arrive à s'élever au-dessus de la barbarie. “À partir de ce moment et jusqu'à ce jour, écrit mon arrière-arrière-grand-père dans son journal de voyage, depuis plus de deux ans, j'ai suivi le développement moral et intellectuel de cet enfant qui, à l'heure actuelle, comprend le français et se fait comprendre. Il est fort intelligent et ce qu'on est convenu d'appeler très bien élevé. Il m'a fourni la preuve que cette race, pour s'élever, n'avait besoin que de l'exemple et de l'enseignement."

Juan n'est pas une pièce de céramique qui doit être extirpée des décombres, il n'est ni en or ni en argent, il n'est pas même la momie rachitique d'un enfant que l'on voudrait exhiber loin des volcans, dans un musée. Pourtant, il fait partie des bagages du vulgarisateur scientifique lorsque ce dernier traverse l'océan. Il fait partie de cette infime contribution que Wiener a apportée à ce que l'on entend en Europe par Histoire. Il fait partie de sa *mission*, qui n'est pas celle des conquistadors ni celle des découvreurs, mais celle des voyageurs scientifiques qui cherchent à "rallumer le soleil des Incas, brutalement éteint par la croix espagnole". S'il y a un état d'âme qui parcourt son livre, c'est l'incrédulité de voir comment ce merveilleux passé, élevé par ces peuples, a pu devenir un monde "si chétif, si pauvre, si petit". Car ils ont été "anéantis parce qu'ils étaient jugés et condamnés comme barbares". C'est pour cela que, dans quelques-unes de ses notes, Wiener affirme "avoir remis à l'État français", si humaniste et savant si on le compare à l'espagnol, ignorant, les collections rassemblées tout au long de sa mission "et tous les biens qui lui appartiennent". Juan est cela aussi, un bien donné à l'Europe.

On est en 1877, le XXe siècle n'est pas loin, et mon ancêtre européen ne peut pas éviter de tout civiliser sur son passage.

Je referme le livre, il comporte tellement de pages qu'il fait du bruit quand il retombe, il exhale son ancienneté, c'est comme si un vieillard m'avait soufflé sa mauvaise haleine en plein visage. Est-ce que Juan avait des yeux aussi petits et ardents que les miens quand il a vu tout ça pour la première fois ? C'est bizarre, je sais que dans mes veines coule le sang de Charles, pas celui de Juan, mais c'est l'enfant adopté que je sens comme un membre de ma famille.

Mon aïeul a emmené avec lui un enfant indigène pour le mettre dans une vitrine, comme on l'a fait avec King Kong. On dit que les “Indiens” qu'on emmenait en Europe ne survivaient pas bien longtemps. Moi, ça fait déjà quinze ans que j'y suis et cela me semble tenir du miracle.

Dans la famille, il n'y a pas une seule photo de María Rodríguez. Nous ne saurons jamais à quoi ressemblait son visage. La femme qui est à l'origine de la lignée des Wiener au Pérou, celle qui est allée au bout d'une grossesse solitaire et a allaité un demi-orphelin, a disparu sous terre. De la même manière que les traces d'un monde antérieur disparaissent durant de très longues années sous le sable. Rassembler cette matière éparse dans la géographie d'un lieu, sauver ce qui n'a pas été rongé par le temps pour tenter de reconstruire une image fugace du passé, c'est une science à part entière. *Huaquear*, en revanche, c'est ouvrir, pénétrer, extraire, voler, s'enfuir, oublier. Dans cette brèche, pourtant, quelque chose est resté en elle, pour s'enraciner et germer loin de l'arbre.

Une des cousines de mon père m'a raconté la seule chose qu'elle sait à propos de María. Elle était petite et avait des cheveux noirs. Quand elle a connu Charles, elle était déjà veuve et mère d'une petite fille. Je cherche dans le livre de Charles une trace de sa rencontre avec María. Un détail, même infime, un clin d'œil à lui-même et à l'avenir, une information extra-littéraire, en dehors du récit, qui puisse rendre compte de l'expérience, d'une émotion, d'une étincelle de désir. Je me demande s'il y a eu consentement, si ça a été un coup de foudre, une aventure, une simple formalité. Je sais que c'est inutile, de toute évidence, ce n'est pas quelque chose dont il pouvait se sentir fier. Trujillo, la ville de María, lui évoque le Moyen Âge, en raison de son "rythme paisible" et de son "catholicisme pittoresque". Les femmes du Nord attirent son attention, alors il se lance dans une typologie. Les Indiennes de cette région, les Mochicas, lui semblent originales, étonnamment belles, d'une allure fière et majestueuse "différant de la démarche ordinaire des femmes de cette race", avec leurs tresses bien faites et une poitrine brune qui dépasse de leurs chemisiers blancs. Les femmes métisses en revanche "sont déplaisantes avec leur préoccupation d'imiter les costumes de la ville". Les femmes noires "sont franchement hideuses, débraillées dans leurs vêtements, ignobles dans leurs mouvements ; leur costume se réduit à une chemise et à une jupe aussi malpropres que leur personne". Les femmes mariées "sont souvent adultères".

Quoi qu'il dise à propos des métisses, j'ai toujours pensé que María devait l'être. J'ai une photo floue de son fils Carlos et il n'a pas l'air d'être le fils d'une indigène du Nord, dont la vue enchantait Charles.

Je lis attentivement sa description inspirée des veuves, car María l'était : "Les veuves pleurent la mort de leur mari sur un air devenu chant de circonstance, comme le thrène antique ; elles rappellent les cadeaux, *capuz, collar,* etc., que le défunt leur a faits, et la description minutieuse de tous ces objets sert de texte à la triste mélodie de leur plainte. Assises sur le seuil de la porte, un verre de *chicha* à la main, elles préludent à leur chant, qui va *crescendo* sous l'influence de la boisson et s'éteint *diminuendo* dans l'ivresse."

María chante, mélancolique, sur le seuil de sa maison et elle voit passer Charles. Elle l'invite à prendre un verre de vin. Cette image vient de la planète de la spéculation, elle peut être fausse aussi bien que possible.

J'essaye de reconstituer quelque chose à partir de restes épars et immatériels, j'établis des diachronies capricieuses.

Je ne possède que ce gisement, le placenta encore tiède dans la mémoire de la seule chose digne d'être mentionnée dans la vie de cette femme, d'avoir été un maillon dans la chaîne du métissage. Quand on sait si peu de choses, c'est qu'on n'a jamais voulu savoir, qu'on a détourné le regard avec gêne, et ne pas regarder revient à effacer, à se réfugier sans cérémonie aucune derrière la tempête de sable qui aurait eu raison de la *huaca*, l'érodant peu à peu. Jusqu'à ce que la période de latence s'achève. Et que nous soyons prêtes pour la découverte. Nous apprenons que les os ne se lavent pas avec de l'eau. Qu'il faut souffler doucement sur les fissures et les labyrinthes osseux. Compter les anneaux de croissance d'un arbre sectionné. Lécher la goutte brillante de résine rouge qui s'échappe de tous les yeux fermés et morts. Verser une substance radioactive sur l'argile et voir apparaître en lettres ardentes le Temps, comme dans un bal masqué.

Elle cochait toutes les cases pour être oubliée, il a manqué à ses côtés un homme qui ne parte pas pour qu'elle devienne un sédiment et – cette partie, c'est moi qui l'invente – sa dernière opportunité est partie sur un bateau. Nous savons tout de lui, mais nous ne savons rien d'elle. Lui, il nous a laissé un livre, elle, la possibilité de l'imagination.

Je sais très bien de quoi parle Charles quand il célèbre l'assimilation, la rééducation réussie de son petit Indien. Quand il veut démontrer que, dans un autre contexte et avec une autre éducation, il aurait presque pu être une personne comme une autre. Et puis, un jour, j'entends un truc, par hasard. Je venais d'allumer la radio en étendant mes culottes, qu'à présent j'appelle *bragas*, comme on dit en Espagne, et non comme je le faisais au Pérou. Et j'entends un homme politique espagnol dire que, écoute, ce qui peut arriver de mieux à un migrant d'Amérique du Sud, c'est que sa fille épouse un Espagnol. Je l'écoute et on dirait qu'ils essayent de nous adresser un compliment. Un Espagnol, pour se marier comme il faut. Afin de partager les fardeaux qui pèsent sur ses épaules grâce au statut marital et à l'intégration. Mon amie, profite donc, efface ton identité pour gagner ta place à la table du repas de Pâques. La relation que certains Espagnols ont avec les migrants de leurs anciennes colonies est si perverse, historiquement, et en particulier quand il s'agit de femmes, que ça fait mal que les employées qui s'occupent des autres, ici, pour faire vivre leur famille là-bas, celles qui sont obligées de laisser leurs enfants dans leur pays d'origine pour s'occuper des enfants des autres, ou de quitter leurs mères et leurs pères, très âgés, pour changer les couches de vieux messieurs comme cet homme politique qui s'exprime à l'instant, tiens, ça fait vraiment mal que ces femmes soient obligées de supporter des regards pleins de condescendance et de mépris pour leurs vies.

En réalité, nous sommes tout, sauf l'épouse dont ils ont rêvé.

Que penserait Charles de moi, s'il me voyait maintenant ? Est-ce que je suis proche, du moins en partie, de l'accomplissement de son projet civilisateur ou plutôt un autre essai raté ? L'Indienne qui est venue faire des études en Europe et n'a rien appris. Celle qui est venue avec son mari *cholo* et est aussi tombée amoureuse d'une femme blanche adepte de l'amour libre.

Depuis que je vis en Espagne, je rencontre souvent des gens qui me disent que j'ai une "tête de Péruvienne". C'est quoi, une tête de Péruvienne ? La tête de ces femmes que tu vois dans le métro. La tête qui paraît dans le *National Geographic*. La tête de María qui a vu Charles.

Mon visage ressemble beaucoup à celui d'un portrait *huaco*. Chaque fois qu'on me le dit, j'imagine Charles en train d'agiter son pinceau sur mes paupières pour en ôter la poussière et estimer la date à laquelle j'ai été modelée. On appelle *huaco* toute pièce de céramique préhispanique réalisée à la main, de formes et de styles différents, peinte avec délicatesse. Cela peut être un objet de décoration, ça peut faire partie d'un rituel ou tenir lieu d'offrande dans un sépulcre. On les appelle *huacos* car ils ont été trouvés dans les temples sacrés appelés *huacas*, enterrés à côté de gens importants. Ils peuvent représenter des animaux, des armes ou des aliments. Mais parmi tous les *huacos*, le portrait *huaco* est le plus intéressant. Un portrait *huaco* est comme la photo d'identité préhispanique. L'image d'un visage indigène tellement réaliste que nous pencher pour en observer un revient, pour beaucoup d'entre nous, à nous regarder dans un miroir brisé par les siècles.

Mes céramiques préférées sont les mochicas, ce sont les plus sophistiquées, capables de développer avec des sculptures un récit telle une BD en trois dimensions. Ce sont les séries télé de l'Antiquité. Les Mochicas sculptaient tout particulièrement des dieux égorgeurs et les *huacos* érotiques c'était leur cinéma porno, le kamasutra andin. Baiser et couper des têtes, il n'y a pas grand-chose d'autre dans la vie. Mon grand-père Félix, le père de ma mère, est né dans la région dont les Mochicas sont originaires, au nord de la côte péruvienne. La première fois que j'ai montré à ma petite amie espagnole la série de *huacos* érotiques, elle a cru me reconnaître dans toutes les femmes en terre cuite qui avalent des pénis plus grands que leurs corps, jouissent à quatre pattes et mettent au monde des enfants.

Dans mes veines coule un mélange pervers de pilleur *huaquero* et de *huaco*, voilà ce qui me scinde en deux.

Mon père portait un bandeau sur l'œil droit. Enfin, il paraît, car moi, je ne l'ai jamais vu avec. C'est la femme qui n'est pas ma mère qui vient de me le dire.

Un jour, je l'appelle depuis le téléphone de mon père qui est à présent le mien et nous nous donnons rendez-vous dans un café. Je m'installe pour l'attendre, mais elle ne vient pas. Elle n'avait plus de batterie, nous n'avons pu parler que bien plus tard. Elle s'était bien rendue au lieu de notre rendez-vous, c'est moi qui m'étais trompée, je m'étais installée dans l'établissement d'à côté. Elle m'attendait comme moi je l'attendais, elle et moi étions seules devant une table, de part et d'autre d'une même rue, comme deux tableaux de Hopper accrochés en vis-à-vis. Nous nous sommes vues le lendemain au même endroit, cette fois pour de bon, et sommes tombées dans les bras l'une de l'autre, avant que je n'écoute son histoire.

Elle n'arrive pas à croire que je n'ai jamais vu mon père avec un bandeau. Moi, j'ai du mal à accepter que le soir il se transformait en Fol Œil. Ce dont je me souviens, ce sont ses minuscules yeux noisette s'ouvrant et se fermant derrière ses lunettes et le journal ouvert, tel un mur infranchissable. Mais dans son autre vie, celle qui se déroulait à quelques kilomètres de la vie qu'il partageait avec ma mère, ma sœur et moi, il portait un bandeau sur l'œil, comme un pirate loin de la mer. Et c'est donc avec un bandeau qu'il conduisait, qu'il déjeunait à une autre table, qu'il faisait la sieste dans un autre lit, qu'il déposait une fille qui n'était pas moi à l'école et allait à la banque. Elle croyait vraiment qu'il en avait besoin ? Elle me regarde d'un air mélancolique, presse une serviette sur ses lèvres et baisse la tête. Elle voulait le croire.

La fiction du père pourrait se métamorphoser en non-fiction de la fille, autrice de non-fictions. Le mensonge pousse à la recherche d'une certaine vérité. Comment en arrive-t-on là ? Comment a-t-il pu ? Qu'est-ce qui le poussait à agir ainsi ? Ce sont des questions pleines d'hébétude, en réalité de simples balbutiements.

Le bandeau était, disons-le comme ça, l'alibi d'un infidèle, l'alibi le plus absurde que quelqu'un pouvait inventer et aussi le plus absurde à croire, pourtant ça marchait. Sans doute parce que la double vie de l'homme adultère appartient au genre fantastique, et dans cet univers les cochons volent et les pères feignent d'avoir un handicap. Tel est le pacte passé avec le témoin : il faut s'accommoder avec les règles de vraisemblance des amants, qui ne sont pas celles du monde normal, celui dans lequel nous vivons. Il est vrai qu'il souffrait d'hypertension, mais la maladie oculaire n'était qu'une invention. L'exagération de ses maux et leur manifestation tangible en plein milieu du visage, le déguisement comme souvenir permanent d'une douleur qui se trouvait en réalité ailleurs, voilà ce qui lui servait à justifier ses absences.

Du temps de cette histoire d'œil, il racontait à la femme qui n'était pas ma mère qu'il passait les nuits où il ne se trouvait pas à ses côtés dans une petite chambre d'hôpital spécialement conditionnée pour le soin ambulatoire de sa rétine, alors qu'en réalité il dormait, les deux yeux fermés, dans le lit qu'il partageait avec son épouse, ma mère. Plus tard, il s'inventait des voyages à droite et à gauche pour passer des jours entiers, voire des semaines, loin de l'un de ses deux domiciles, mais quand il devait revenir à l'un ou à l'autre, il mettait ou enlevait son bandeau selon l'endroit où il se trouvait. Quand il était avec nous, il semblait être capable de voir avec ses deux yeux, mais quand il était avec elles, il y avait un côté de la vie qu'il ne voulait pas regarder.

Où le rangeait-il ? Dans la boîte à gants de sa voiture ? Dans sa poche ? J'aurais aimé trouver le bandeau dans sa cachette, l'essayer un moment devant le miroir. J'adorerais faire quelque chose avec le bandeau de mon père. Je sens que ce bandeau représente bien plus que ça. Et cette intuition guide ma volonté. D'une certaine façon, j'envisage l'écriture comme le mouvement qui consiste à mettre ou enlever un bandeau. La mise en route d'un stratagème. Et de le faire sans innocence aucune, quelquefois avec la sensation de se salir, en mettant la vie même dans la littérature ou, pire encore, la littérature dans la vie.

Comme dit Angélica Liddell, après avoir écrit sur soi, il ne reste aucun autre sujet au monde sur lequel écrire.

Durant trente ans, nous avons vécu sur l'île du pirate en croyant que nous étions les seules à y habiter, puis nous avons commencé à soupçonner que nous n'étions pas seules, que de l'autre côté notre père avait construit une réplique parfaite de notre monde. Mais, pour une raison quelconque, nous n'arrivions pas à quitter notre territoire pour aller le vérifier. Le chemin qui conduisait à l'autre côté était rempli de pièges. Si nous essayions de nous y rendre, les monstres surgissaient, les tentations, les mines antipersonnel nous fauchaient les jambes. Une famille est une île fictive sur une mer de réalité. Et cette organisation défaillante inventée par mon père ne défiait pas l'ordre, elle ne faisait que le reproduire et l'obligeait à se soumettre à ses propres servitudes, doublement : deux couples, deux familles et deux maisons parallèles. Chaque campement et la parentèle associée étaient constitués de manière traditionnelle et approuvés par son entourage immédiat. L'absence de communication entre les deux rives était primordiale.

Son comportement durant toute cette période était incompréhensible pour nous, ses filles. Depuis le ciel, quelqu'un qui l'aurait vu courir avec sa moustache, infatigable, pour aller d'un côté à l'autre de l'île, aurait juré être face à un personnage de jeu vidéo, mais au lieu de tuer des créatures en sautant par-dessus des blocs, il doit arriver le matin à ses deux vies avec le pain pour le petit-déjeuner, puis, le soir, coucher ses filles en les embrassant. Tout cela impliquait de déployer une énergie incroyable afin d'éviter d'être découvert, de continuer à filer le mensonge comme un enfant fou avec une pelote de laine, sans se rendre compte que c'était lui qui était pris dans cette soie velue et collante. Et, bon, à vrai dire, nous aussi. N'importe laquelle de ses deux femmes pouvait être l'officielle. Ou être l'autre. Nous ne savions pas avec certitude quelles étaient les personnes réelles et celles qui étaient inventées, mais nous nous croyions toutes uniques. Lui, entre-temps, ne pouvait abandonner personne, et il ne partait jamais vraiment non plus.

J'observe attentivement la femme qui n'est pas ma mère, elle doit avoir vingt ans de moins que celle qui l'est. Je pense à cela, elle est plus jeune, elle est plus délicate, plus douce, elle parle moins fort. Je pense : c'est pour cela qu'elle lui plaisait. Je pense : ne les compare pas, ne le fais pas, toi, tu ne le fais pas quand tu aimes. Je n'ai pas dit à ma mère que je rencontrerais l'autre. S'agit-il de mon propre rendez-vous clandestin, ma manière de défendre le droit au mystère ? Moi, qui voulais me consacrer à la beauté, j'ai l'impression d'être un ver, à me traîner ainsi pour un peu d'information et de culpabilité, des choses qui ne m'appartiennent pas, disposée à être la seule dans la pièce capable d'avoir honte d'elle-même. Des cornes ont aussi poussé sur moi. Je les caresse et les arrange là-haut, comme on redresse une couronne qui fait mal. Je suis une énorme tête de cerf posée sur une assiette. Combien de fois ai-je été ainsi, devant ma mère, à escamoter cette partie de l'histoire, la partie de l'histoire avec laquelle je parle, avec laquelle je prends une bière, pour éviter que ma mère ne se sente acculée, obligée de répondre à ma question, était-elle au courant, faisait-elle semblant, se sentait-elle en guerre, avait-elle une rivale, avait-elle déjà perdu. Il ne m'a fallu que quelques minutes pour parler avec ma non-mère de ce que je n'ose toujours pas aborder avec ma mère.

Par exemple que, finalement, il y avait bien un point de rencontre entre les deux campements inaccessibles de l'île. Et ce point c'était elle, la troisième sœur inespérée. Ma sœur de toujours et moi l'avons vue pour la première fois dans un parc du nom de la Pera del Amor, alors qu'elle avait un an, après avoir découvert sa photo dans une sacoche de papa et la lui avoir envoyée en pleine figure. Ils se ressemblent comme deux gouttes d'eau. On nous l'a présentée comme la fille de mon père, issue d'une relation terminée et sans importance aucune, et même si elle n'a jamais vécu avec nous, durant toutes ces années elle a fait partie de la famille. Ma petite sœur, la fille de la maîtresse, si timide et souriante, avec ses yeux immenses et attentifs, pleurant tout bas quand il semblait qu'elle ne comprenait rien alors qu'elle comprenait tout. La seule qui a su, année après année, ce qui se passait, celle qui, parce qu'elle n'était qu'une petite fille, était autorisée à passer d'une maison à l'autre, elle pouvait donc voir chez moi la photo encadrée de son père dans son costume de marié, au bras de ma mère. Et la relation amoureuse qu'il y avait entre eux, aussi amoureuse que celle qui liait ses parents à elle. C'est ainsi qu'elle a pu découvrir les nuances. Et forger un savoir personnel et secret pour survivre dans ce lieu délirant où son père l'avait placée. Et elle a décidé de porter seule la vérité sur ses épaules, pour ne faire de la peine à personne, garder le silence pour nous toutes, même pour lui, en veillant à ce qu'on ne découvre pas qu'elle savait qu'il lui mentait par amour ou par bêtise.

Alors qu'il était déjà malade, papa arrivait encore à aller dîner dans une de ses deux maisons, puis à regarder le feuilleton turc dans l'autre. Et à être parmi ses filles, sans laisser derrière lui aucune des trois.

Non, je ne l'ai jamais vu avec un seul œil, lui dis-je, stupéfaite. Elle rit. Avant de nous dire au revoir, je lui remets l'urne qu'elle m'a demandée, avec le tiers des cendres de mon père. La veille, ma mère avait dispersé celles qui lui revenaient dans la mer. Mon tiers à moi, je l'emporterai en Espagne.

Un soir, enfin, je sors de chez moi. Je n'attends rien de particulier. Je passe d'un bar à l'autre dans le centre de Lima et, dans l'un d'eux, je tombe sur un groupe de vieux amis journalistes autour desquels gravitent quelques autres, plus jeunes. Un type avec un visage magnifique vient vers moi et me dit Gabriela Wiener. J'entends ce nom de famille de nouveau. Il est beaucoup plus jeune que moi, mais il essaye de me séduire en me disant que j'écris mieux que Leila Guerriero. Il arrive à ses fins. Il connaît trop bien les chroniqueurs, autrement dit il sait trop de choses à propos de moi. Parmi les journalistes – et il en faisait partie –, nous, les chroniqueurs, avons certains privilèges, nous sommes en quelque sorte la première classe de la presse, des rédacteurs branleurs, des artistes de l'information, nous ne sommes pas de vrais écrivains, mais que Dieu nous garde de n'être que des journalistes. Pour neutraliser ce bruit de fond, je fais quelque chose que j'ai cessé de faire depuis de nombreuses années, car ça fait de nombreuses années que j'ai cessé de faire plaisir aux hommes rien que pour leur faire plaisir : je le suce en pleine rue, et peut-être au meilleur endroit pour sucer une bite, derrière les statues de lions du Palais de Justice. À cause d'Henry (Miller), j'ai un faible pour le sexe près des statues, et à cause des Mochicas, pour les *huacos* érotiques.

Je sais que c'est trop audacieux pour quelqu'un qui est en deuil, mais je le fais. Je me sens petite dans ce geste humain offert au pied d'un édifice monumental. Comme dans cette scène de *La Planète des singes* (le mauvais film, pas l'autre) où l'on découvre qu'Abraham Lincoln était aussi un singe.

Le lendemain, nous allons dans un hôtel, nous parlons de mon père et de la mort. Nous réalisons que nous avons lu les mêmes livres tristes, ce qui nous donne l'impression d'avoir beaucoup de choses en commun, même s'il s'agit d'une coïncidence lugubre. Cela fait plusieurs semaines que je suis loin de la maison, j'ai besoin de sexe comme un horrible animal insatiable. J'ai tellement pleuré pour mon père que je suis lubrifiée pour être pénétrée par tout un bataillon. Je décide de ne pas en parler à Jaime et à Roci. À quoi bon, c'est juste pour me défouler, comme si je me mouchais. Mais je le revois, je me mets à voir ce gamin presque quotidiennement. Quand nous ne sommes pas ensemble, je passe mon temps à chater avec lui, dans cette parenthèse que la mort a ouverte, jouant avec le temps comme une milléniale en toc, et je ne sais plus comment expliquer à mes conjoints mes absences, mes oublis.

À Madrid m'attend tout ce dont j'ai rêvé depuis toujours : le trio, le polyamour, l'amour d'une femme, celui d'un homme, ma fille, une vie d'écrivaine. Une construction serrée, sans fissures. Mais plus je me sens dissidente, plus je suis installée dans l'establishment. Plus je prêche la sincérité amoureuse avec les deux autres, plus je leur mens. Plus je suis près de revenir, plus je veux m'échapper. Qu'est-ce que cela signifie ? Mon enterrement de vie de jeune fille ou, plutôt, de femme mariée, c'est ça, mon enterrement de vie de femme mariée, une dernière tentative pour m'accrocher à l'hétérosexualité, à l'infidélité au sein de la monogamie, au malheur ? Ou est-ce la constante tentation de l'échec, le faux pas que je m'inflige car je suis seule, triste et apeurée ? Ce n'est ni un coup de foudre, ni un amour inopportun, ni une arme de jet, mais la capacité de perpétrer de petits et innombrables attentats contre mon propre poste-frontière. La liberté de me défaire de tout, de vider le chargeur et d'encaisser la balle. Je n'ai jamais été aussi près d'incarner ce vers de Sharon Olds : "Je suis devenu mon père." Mais comment leur raconter tout ça.

Je me vois en train d'essayer de concilier mes trois occupations, celle d'épouse, de mère et d'amante à toute heure et dans deux pays différents. Mais je dois admettre que ma vie est bien plus facile que celle de mon père. Mes conjoints ne sont pas là. Pour l'instant. Je dois seulement modifier certaines informations, répondre à certains appels, esquiver certaines questions. S'il n'y a pas de place pour le doute, si la décision de cacher quelque chose est ferme, le mensonge protège.

Chaque jour, le délire avance avec plus de profusion encore, il déborde. Un jour, je dis au gamin : et si nous formions une grande famille avec mon mari, ma femme et toi aussi ? Je ris de mon impertinence. Je suis émue de vivre avec une charrue dans une main et une torche dans l'autre. Je fais des expériences imaginaires avec des assemblages dangereux. Je construis une petite bombe. Je lui propose de jouer, d'entrer dans le polyamour, mais je le fais en transgressant toutes ses règles. Et ces jours passés à ses côtés deviennent une succession de brèves réflexions sur tout ce que nous ne serons pas, notre différence d'âge, les entraves liées à la distance géographique, ce que l'impossible comporte de sexy. Lui, il vient tout juste de débarquer, tandis que je joue à ce qui arriverait si j'abandonnais pour lui tout ce que j'ai mis des années à bâtir. Comme être marié et demander la main de quelqu'un, exactement comme mon père l'a fait. Je sais que je ne le ferai jamais. Qu'en réalité j'attends que ça devienne une réalité pour lui avant d'enlever mon masque et de lui montrer la caméra cachée. Et même ainsi, sans conviction, je tisse un lien défectueux entre nous, je tire la laine de la pelote, de la soie collante, ce pont que j'ai l'habitude de construire entre ma subjectivité et le reste du monde, afin que lui aussi se batte contre mes incertitudes. Le pauvre, je le rends responsable de moi. Je passe des heures à afficher mon incrédulité face à ses sentiments imberbes, qui ne sont pas exagérés et douloureux comme les miens, c'est bien la raison pour laquelle ils me paraissent insipides. Il ne tombe pas dans mon piège. Nous nous disputons beaucoup et cela me fait sentir plus proche, plus engagée. Nous jouons à la fidélité à l'intérieur de l'infidélité, comme mon père le faisait avec sa maîtresse : "Si en rentrant tu le fais avec quelqu'un d'autre que Jaime, tant pis pour toi." Encore une fois, je découvre la façon dont je m'accroche à l'amour et à ses formes reconnaissables, toxiques. Je joue à faire semblant que c'est vrai, mais en réalité il y a dans cet exercice plus de vérité sur moi-même que de jeu. Un constat plus terrible encore. Et comme dans toute relation inattendue, il y a une grande composante de narcissisme.

Comment leur raconter tout ça ?

Au cœur de cette romance impertinente, j'imagine un défi : que nous disions ce que nous aimerions qu'il arrive, et ce que nous pensons qu'il va vraiment nous arriver. Lorsque c'est mon tour, j'avoue que ce que j'aimerais c'est qu'il tombe vraiment amoureux de moi ; parvenir à avoir une relation ouverte et saine avec mon mari et ma femme, et que ces derniers puissent à leur tour avoir d'autres relations, en dehors de celle qu'ils ont avec moi, et être capable d'assumer tout ça avec sagesse, comme eux ils assument ma relation avec mon nouvel amour. Finalement, je complète la liste de choses que j'aimerais qu'il arrive en lui disant que je me réinstallerais bien au Pérou. Mais ce qui va se passer, dis-je, c'est que mes conjoints vont apprendre ce qui se passe et qu'ils vont me quitter. Et alors, quand cela arrivera, toi aussi, tu me quitteras. Voilà ce que je lui dis.

Je ne me souviens pas de ses prédictions à lui, mais elles n'ont plus d'importance.

Un jour, il n'est pas là pour notre séance de chat nocturne. Les heures passent et il est toujours absent. Je lui écris, anxieuse, en utilisant différents canaux, je l'appelle mille fois, et il finit par répondre. Ma sœur est morte, dit-il. Il ne me donne pas davantage de détails, ou il les donne au compte-goutte, au fil des échanges minimes que nous avons ce jour-là et les jours suivants. Sa sœur, celle qui souffrait de dépression, est morte dans la pièce d'à côté. Il avait essayé de la réveiller, il avait appelé une ambulance, mais les cachets qu'elle avait avalés avaient déjà arrêté son cœur. Je me dis qu'elle a dû se suicider pendant que nous chations. Il se peut que je sois en train d'inventer tout ça en raison de mon envie d'être au centre d'une histoire qui n'est pas la mienne. Si moi, je me sens coupable, je ne sais pas comment il fait pour se supporter lui-même.

Alors, il disparaît de ma vie. Ça me fait mal et je me sens idiote. Comment puis-je me plaindre ! Lui, il a perdu une sœur. Comment accompagner dans la plus profonde des douleurs quelqu'un avec qui tu ne partages rien de profond ? Est-ce qu'il a été capable de le faire avec moi, lui ? Ce qu'il y avait entre nous supportait difficilement la réalité, comment aurions-nous pu faire face à la mort ?

Comment leur raconter tout ça ?

Une nuit, pourtant, la veille de mon retour à Madrid, il accepte de me voir. Chez lui il n'y a que son père, mais nous nous faufilons à l'étage.

Il me conduit jusqu'à la chambre de sa sœur morte. La chambre est telle qu'elle l'a laissée, me dit-il. Là, dans ce lit où nous venons de nous asseoir, il l'a vue mourir quelques jours plus tôt. Il me fait faire une sorte de tour de sa mémoire, me montre chacun de ses trésors, ses livres, ses disques. Il me raconte que depuis qu'elle est morte, dans cette chambre, il se passe des choses étranges : bruines, petits séismes, objets aimés qui échangent leurs places respectives. Mais il manque encore le dernier acte : il met un vieux film en DVD de son enfance, pour que nous le regardions ensemble. On y voit le frère et la sœur, courant ensemble à la campagne, durant un voyage familial. Tout est infiniment triste, il éprouve le besoin impérieux de sortir de la pièce. Moi aussi. Nous nous dirigeons vers sa chambre à lui.

Les murs sont recouverts de post-it avec les phrases les plus tristes des livres les plus tristes au monde. On dirait des petits tombeaux de couleur, fuchsias, jaunes, couvrant un cimetière. Il les a collés un peu partout, pas seulement sur son bureau, aussi sur la tête de lit et même au plafond. Je m'allonge sur le lit, je regarde les petits bouts de papier comme on regarde les stickers d'étoile qui brillent dans le noir au-dessus des lits des enfants, je reconnais certaines phrases, je pense de nouveau à mon père mort. Et nous faisons l'amour de la manière la plus lamentable depuis que les post-it existent. Et je m'accroche à la croyance qu'il n'y a rien de mieux que de faire l'amour de la manière la plus lamentable pour oublier quelqu'un. Pour cesser d'être le fantôme qui suit le fantôme qui suit le fantôme.

Je ne sais pas comment je vais leur raconter tout ça, mais je le ferai. Je n'ai plus assez de temps pour faire le voyage de la mort à la vie. De la même manière que je suis arrivée trop tard, un jour j'ai disparu. Être migrant, c'est également avoir une double vie. C'est vivre avec un bandeau sur l'œil. C'est arrêter une partie de nos vies pour être efficace dans l'autre. Dépasser le deuil, voilà ce que je dois faire, prendre un avion et quitter le deuil. Pour en affronter un autre et enchaîner ce chagrin à la perplexité.

DEUXIÈME PARTIE

Le voilà, Charles, impeccablement habillé pour le jour le plus glorieux de sa vie. C'est l'inauguration de l'Exposition universelle de Paris. Une salle, une des meilleures, lui est réservée ainsi qu'à ses trésors. Ils sont si nombreux qu'on va devoir lui consacrer un musée. Le monde lui en est reconnaissant. Il va passer à l'histoire pour son courage, sa persévérance et son ambition. Il passe en revue, mentalement, ses propres mérites. Je l'imagine en train de caresser sa moustache épaisse et d'admirer les deux rives de la Seine avec ce regard intense qu'il a sur les photos, comme sur ce portrait de lui pris sur les flancs du mont Illimani, en Bolivie, sur lequel on le voit entouré par des guides locaux et par quatre ânes, après avoir atteint le sommet – c'est du moins ce qu'il prétend –, en être descendu et avoir rebaptisé l'un de ses pics comme le pic de Paris. On dirait Nietzsche dans les Andes, davantage disposé à supporter la mauvaise conscience que la mauvaise réputation.

Bizarrement, à cet endroit aussi il semble complètement déplacé ; certes, il se trouve de nouvelles marques en terre étrangère, mais il est toujours dans le contrôle. Il n'a même pas trente ans et il est le centre de tout. C'est du moins ainsi qu'il se voit. Il est en train de réaliser quelque chose d'important. C'est davantage qu'un soupçon.

Mais aujourd'hui, aujourd'hui sa revanche est consommée. Il a eu beaucoup de mal à parvenir jusque-là, à faire en sorte que les Français le considèrent comme un des leurs, qu'ils l'appellent Charles et croient qu'il est enfin, depuis quelques jours, un catholique converti. Il a lu l'Évangile, il a fait les prières, reçu les sacrements. Tout ce qu'il a ruminé en silence durant des années de travail pour rassembler des preuves de sa propre valeur, quel qu'en soit le prix, voilà qu'on l'écoute, qu'on l'expose, qu'on le reconnaît. Cet après-midi-là, il sent son corps se détendre, tout particulièrement sa mâchoire, il cesse de mordre l'intérieur de ses joues, il ouvre un peu la bouche, il permet à l'air d'y pénétrer et libère ainsi une tension très ancienne, une sorte de rage incompréhensible, la douleur de ne pas être, tout en existant.

Les photos des vestiges qu'il a fait venir par bateau depuis un autre continent, les traces d'autres civilisations désormais ineffaçables grâce à ses exploits sont là, mais elles sont aussi projetées sur des plaques de verre, dans une effusion de modernité technologique pour l'époque. L'*urpu* ou *aríbalo*, le vase inca au décor végétal et félin dont il est si fier, semble suspendu dans l'air, avec son gros ventre, son col long, ses deux anses et son bec, en parfait équilibre sur sa base. Sous la photo, on évoque ses lèvres évasées comme si on parlait d'une femme.

Le Champ-de-Mars bruisse d'admiration devant l'explorateur le plus célébré du moment dans les cercles scientifiques. L'odeur de poudre de la défaite française dans la guerre franco-prussienne finit presque par se dissiper complètement. Il n'y a pas d'Allemand dans les parages. Dans dix ans, sur les restes de cette même esplanade, on érigera la tour Eiffel. Wiener l'ignore, mais non loin de là Victor Hugo préside une rencontre sur les droits d'auteur. Ce seront les débuts du copyright. Il vaut mieux qu'il ne soit pas au courant. Les ampoules électriques viennent d'être inventées, elles éclairent toute l'avenue de l'Opéra, entre l'exposition de la tête de la statue de la Liberté et le téléphone de Graham Bell. Un tableau représentant Jeanne la Folle reçoit des louanges et de l'attention. Non loin de là, dans le pavillon péruvien, deux personnes censées porter des costumes de guerre de la culture tiahuanaco sont écartées du portail de l'exposition à la demande expresse de la communauté péruvienne de Paris qui, vexée, refuse que les Péruviens soient aussi pittoresques. Ils affirment que, pour leur part, ils portent des vêtements conçus par des tailleurs français.

La Légion d'honneur, peut-être la distinction la plus importante de France et créée par Napoléon Bonaparte, n'est décernée qu'en cas de mérites extraordinaires, or aujourd'hui, il va recevoir un de ces rubans. Les différentes syllabes qui composent ce mot résonnent dans sa tête : ex-tra-or-di-naire. Ça l'est. L'image de Napoléon brille dans la décoration épinglée sur son torse bombé. Il a la Légion d'honneur, ça y est, il est officier. La lointaine mélodie d'un orgue immense parcourt les galeries de cristal et la scénographie des jardins parisiens baignés par des cascades d'eau. Il est également sur le point de recevoir une médaille pour les collections qui sont à présent au cœur de l'exposition des missions scientifiques, il pressent qu'elle va peser à son cou. Il va se lancer dans un discours qu'il espère émouvant et, pour marquer le début de ce moment tant attendu, il s'adresse à ses pairs en reconnaissant l'honneur que signifie être le pionnier d'une science peu pratiquée. Alors, il soumet au jugement de l'auditoire ses découvertes et ses œuvres de reconstruction de ce monde appelé nouveau, avec pour seul souci le désir de paraître authentique.

Il se présente comme une de ces personnes qui craignent d'affirmer quelque chose avant qu'elle n'ait été démontrée, il connaît le penchant des hommes pour l'interprétation imprécise de l'histoire. Sa voix ne tremble pas lorsqu'il affirme que l'homme américain du passé, qui, autrefois, n'a attiré que convoitise, peut à présent être l'objet d'une attention toute scientifique. Il bataille avec la rhétorique pour cacher sa vanité. Aujourd'hui, ça lui coûte deux fois plus. Il sait qu'il doit feindre la modestie, introduire un peu d'humour narquois, placer une première personne du pluriel au bon endroit, revisiter un mythe national, une phobie, pour que tous aient la sensation d'être partie prenante. "Quelle différence entre la flamme immortelle qui éclaire les siècles de son faisceau lumineux et le soleil des Incas, brutalement éteint par l'apparition de la croix espagnole", s'écrie-t-il. Quelqu'un devait apporter de la lumière, remplir ce vide. Il l'a dit. Il n'a pas pu l'éviter. Ce n'est pas si mal de sortir un truc grandiloquent, si on s'en tient là. Lui, il a suivi ces traces, celles des décombres des villes mortes, de la main d'Arioste, son poète favori, car, au fond, il a toujours eu une propension romantique. Ses trésors, venus de la cordillère des Andes, seront étudiés et admirés avec les temples grecs, les statues des dieux, les colonnes des forums, les degrés d'un amphithéâtre. Il en profite pour reprendre son souffle, pour effacer toute sorte de doute, et prononcer ce mot soudain prestigieux sur ses lèvres de converti, "résurrection". Il s'est contenté de sortir un empire de l'oubli. Wiener, celui qui fait ressusciter.

Il ignore ou veut ignorer pourquoi il transpire quand il se met à mentionner Humboldt, Orbigny, Castelnau. Soudain, il se racle la gorge. Il a besoin de marquer des pauses, de prendre un peu d'air. Lorsqu'il dit : "Les résultats indéniables de mes fouilles", son imagination d'aventurier le fait, une nouvelle fois, traverser la mer. Voilà qu'il se trouve dans une vieille station balnéaire au nord de Lima. Les familles aisées de la ville le regardent, comme hypnotisées. Les pilleurs de tombes n'ont pas son allure. Charles plante sa fourche dans un amas de terre et l'agite énergiquement. Il fouille, cherche, transpire. Personne ne le quitte des yeux quand il parvient enfin à extraire la momie avec les mains les plus blanches qu'ils aient jamais vues. Les bigots de Lima se signent, mais lui, il est euphorique. Il a battu Théodore Ber. Cet autre explorateur à qui la France a confié une mission identique en Amérique du Sud, le même jour où on lui a confié la sienne. Le destin fait dans l'humour noir. Il en a assez de rivaliser. Ber était peut-être français de naissance, mais il était communiste, c'était un rouge. Lorsqu'il en a eu l'occasion, il n'a pas hésité à le dénoncer pour avoir été un ancien membre de la Commune. Le secrétaire personnel de Delescluze ! C'est par sa faute qu'il a été défenestré. Mais Ber n'avait pas besoin de lui pour s'autodétruire. Sa mission à Tiahuanaco s'est avérée désastreuse et s'est soldée par son exclusion des grandes académies. Maintenant, il n'y a que lui. Ber n'osera plus jamais le traiter de porc juif ni de charlatan.

Reviens, Charles, reviens. Il est de nouveau sur l'estrade, décoré du drapeau tricolore. Il est envahi par une sorte de fièvre, comme s'il avait réalisé un immense effort pour traîner jusqu'au centre de la salle un poids arraché au tréfonds de lui-même. Pour que tous puissent voir ses os. Il ignore s'il a donné la vie ou s'il a donné la mort. C'est exactement ce qu'il se disait au bord de la mer, à Lima, et c'est ce qu'il pense aujourd'hui dans un salon parisien. Ce doute est si réel qu'il se transforme en frémissement. Son corps fait trembler le pupitre.

Il doit prendre son mouchoir et s'essuyer le front quand il fait référence à ceux qui l'ont précédé avec beaucoup moins de succès, ceux qui, contrairement à lui, "n'ont pas arraché les morts à leur lieu de repos, ni les productions de l'art indigène à l'oubli. Ils ne sont pas descendus dans les puits de ces nécropoles, ils ne les ont pas scrutées pour extraire la vérité". Mais lui, il est là car il s'est couvert de la poussière et du sable des profondeurs. À l'extérieur de l'enceinte, parmi les statues féminines qui représentent les cinq continents et embellissent la façade du palais du Trocadéro, l'Amérique du Sud montre un peu plus les seins que les autres. Juste un peu moins que l'Afrique.

Notre lit pour trois ne sert plus pour le sexe. Ce lit sur lequel nous avons donné libre cours à notre désir de rompre avec le schéma “mari et femme” est à présent un lit où l'on dort, un lit à la retraite, tout au plus un immense lit relégué.

Nous n'avons presque plus de relations sexuelles. Il y a des jours où je sens que je me suis fait avoir, mais si j'y pense sérieusement, combien de temps une orgie matrimoniale pouvait-elle durer ? La première chose que j'explique à ceux qui me posent des questions au sujet de notre relation multiple, c'est que je n'ai pas plus de relations sexuelles que la plupart des gens.

Et il faut dire que j'ai tout gâché.

J'ai rencontré quelqu'un à Lima et j'ai perdu le contrôle. Je ne savais pas comment mettre un terme à cette histoire et la vie a décidé à ma place. La vie non, la mort. Je traîne une lourde valise dans ce voyage de retour à l'amour, j'ai un mort derrière moi. Quelqu'un a dû mourir pour que je vive. Et à présent je suis dans ce lit, entre les deux, à ne rien dire. Jusqu'au moment où je parle.

Je leur raconte ce qui s'est passé car même moi, je n'arrive pas à supporter mon secret, encore moins à comprendre pourquoi jusqu'à maintenant c'est resté un secret. Pourquoi j'ai passé un mois à faire semblant devant des personnes auxquelles j'avais promis de respecter, au moins, le dogme du polyamour. Je n'ai pas besoin de thérapie pour comprendre pourquoi j'ai saboté notre vie.

La culpabilité devrait m'être de quelque utilité, au moins pour lâcher prise, pour faire de nouveau profil bas, mais je surenchéris, je veux maintenir le statu quo, le radicaliser pour me protéger de l'onde de choc provoquée par mon attaque kamikaze.

En principe, tous les trois, nous avons une relation ouverte, déconstruite sur la base d'une série d'accords, une relation pour laquelle je suis aussi bien préparée qu'un homme polygame de Salt Lake City, dans l'Utah, un type de quatre-vingts ans qui a installé une épouse sur chacun de ses genoux. Je suis mon père infidèle et jaloux à l'idée que sa maîtresse le trompe avec un autre. Sa version postmoderne.

J'ai tout gâché.

Nous étions restés unis grâce à l'équilibre délicat des tensions à l'intérieur du trio. Jusqu'alors, je vivais tranquillement installée avec deux personnes qui m'aimaient, je menais la danse, sachant pertinemment que j'étais la plus anxieuse et la plus méfiante, aussi la plus déloyale, mais forte de ma singularité. Ce qui était à l'extérieur était un augure et une menace. Nous savions que, tôt ou tard, nous allions permettre d'autres relations. Cette promesse-là.

Et c'est en train d'arriver. Les choses se sont précipitées. Par ma faute.

Je ne crois pas qu'ils vont réagir avec rancœur ou en me rendant la monnaie de ma pièce. Si c'était le cas, cela me consolerait. Je les vois plutôt, l'un comme l'autre, se complaire dans la solitude à imaginer leur fuite. Ils ne me disent rien, ils se contentent de m'embrasser et ils s'en vont, ils disparaissent un long moment puis ils reviennent, aussi silencieux. Je ne pose pas de questions. J'ai perdu mes droits. En plus, je n'ai nulle part où aller.

Dans un lit, nous sommes condamnés à nous répéter. Les cycles de l'amour conjugal sont souvent implacables et on finit éreintés. Entre un exercice horizontal et un autre éveillé, et vice-versa, on construit une vie en commun. À partir des gestes minimes que l'on fait avec les pieds, quand on ferme une bouche, qu'on ôte un livre des mains lâches de l'autre. Et de tout ce qui existe entre le sexe et le repos, de ce qui resplendit entre les pleurs et l'amour, de tout ce qui subsiste entre le dernier mot et le reste du silence.

Il y a des nuits comme celles-ci où je suis la seule qui n'arrive pas à dormir. Si quelqu'un me voyait me caresser entre leurs corps, un homme et une femme à portée de main, tous deux de part et d'autre de mon désir, il penserait sans doute que c'est encore une de mes perversions, mais ce n'est pas le cas, je ne cherche même pas à les frôler, pas même à m'exciter en regardant leurs silhouettes indifférentes, flottant au milieu de la pénombre comme des îles émettant leur propre lumière sur l'océan. Je ne sais pas d'où ils viennent ni où ils vont, mais ils ne sont pas avec moi.

Il y a des gens pour qui le sexe est quelque chose de très concret : ce qui couronne une journée de compréhension parfaite ou ce que l'on fait seulement quand le désir s'impose, avec les restes du corps que les enfants nous ont laissé, et, de préférence, après s'être douché. Pour moi, le sexe fait du bien même sans rituel, sans toilette personnelle, même quand on est sans forces, comme un complément, un amusement banal, susceptible de déclencher des drames, de consoler, de tenir lieu de remède prémenstruel.

J'appartiens à cette génération de femmes qui a surestimé le sexe. Celles qui ont été, comme moi, des puristes de l'orgasme ont mûri plus lentement sur le plan relationnel – un autre mot effroyable que j'ai appris car j'ai eu la brillante idée de lire les théoriciens de l'amour libre –, mais même si cela semble étrange, cette activité onaniste en compagnie passive est un travail introspectif, thérapeutique. Ce serait bien pire de les réveiller, de les manipuler, de les forcer. Surtout quand l'imminence des règles oppresse, que tu ne les as pas vues venir et que tu es déjà détruite, à supplier, au milieu des larmes, pour avoir une nuit d'apothéose, une nuit infinie dans sa pérégrination fébrile du sexe à l'amour, de l'amour au sexe, et de là à la compréhension sur mesure, mais personne ne va te l'offrir. Voir le dos de l'être aimé me rend folle.

Un jour, j'ai compris qu'on ne synchronise pas les appétits comme on synchronise les pendules. Avec le temps, j'ai appris à esquiver le drame. Quand on vit sous le même toit, la sexualité requiert une pédagogie quotidienne, une attitude contrite, une liberté qui s'arrête là où commence le sommeil ou l'inappétence de l'autre, elle nécessite aussi l'onanisme, ou sinon plus d'amants.

À présent, je suis dans le lit à parachever cette autre routine matrimoniale entre deux corps qui m'offrent leurs dos adorés sans me faire souffrir. L'un de ces dos est large, fort, lisse, marron. L'autre est gracile, menu, anguleux, blanc. Je finis par étouffer un gémissement et tout continue, toujours aussi placide, leurs dos montent et descendent dans leur sommeil, leurs respirations continuent à offrir, ensemble, une sorte de musique nocturne.

Moi, je croyais que j'avais un pouvoir, non pas celui d'aimer et de désirer plus d'une personne à la fois, tout le monde éprouve ça, mais celui d'avoir réussi, au prix d'un grand effort, à concilier ces deux dimensions de l'amour, d'une intensité et d'une beauté bien différentes, sans avoir à prendre la fuite, sans laisser personne derrière moi, en assumant mes relations, sans que leurs forces respectives ne rivalisent en moi, en les intégrant dans le jeu de la vie. Mais je n'ai pas ce pouvoir et, si je l'ai eu, je l'ai perdu.

Ma grand-mère Victoria était tellement jalouse qu'après son AVC, alors que depuis des années elle était prostrée dans un lit et parvenait à peine à balbutier quelques mots, elle continuait à faire des scènes à mon grand-père. Je viens d'une lignée où le cerveau s'éteint avant la jalousie. Nous ne voulons pas qu'on nous laisse seules, pour personne, nous ne supportons pas le plus léger geste signifiant l'abandon. Ma mamie criait et pleurait comme un bébé chaque fois qu'elle perdait de vue mon grand-père et elle l'imaginait en train de séduire la femme qui s'occupait d'elle. Je l'ai entendue plusieurs fois. Félix!!!, elle l'appelait, Félix!!!!, pour qu'il retourne à ses côtés et ne s'éloigne plus. Dans un avenir pas très lointain, je vous jure que je me vois malade et condamnée comme Victoria, questionnant Roci, harcelant Jaime. Même dans mon lit de malade qui attend la mort, vais-je continuer à m'inquiéter de ce qu'ils ne soient qu'à moi ?

C'est terrifiant, mais la jalousie ne meurt qu'avec le corps. J'ignore combien de fois j'ai eu envie de mourir pour me libérer de ce sentiment.

Nos corps ont quitté le lit pour trois et se sont dispersés dans la maison. Mes crises de confiance sont constantes, ils me disent qu'ils n'ont pas la tête à *ça*, mais cela ne me suffit pas. Je sais que ma fragilité les éloigne. Je sais que mes pleurs les refroidissent. Je sais que ma peur les mutile. Avec mes exigences, j'enfreins toutes les règles de l'amour libre que j'ai juré de respecter une nuit où nous avions pris de la MDMA et que nous étions juchés sur le quai de la plage Barranquito, à Lima. Ils assurent qu'il n'y a personne d'autre, même s'il n'y aurait rien d'illicite à ce que ce soit le cas, mais je ne les crois pas. Je sais quelles personnes ils désirent, c'est une question de temps. S'il est arrivé que je sois la première à donner un coup de canif dans le contrat, je l'ai déjà oublié. Je me sens victime d'une injustice. Je dors seule, vexée, dans le lit géant, parfois avec elle, parfois avec lui, d'autres fois je me mets en boule, une boule de peau avec la chair à vif, dans un coin du sofa, il ne me reste qu'à offrir ma main ouverte aux passants.

Jaime a décidé de s'installer dans le sous-sol. Parfois, ma fille me regarde et me pose une question à laquelle je ne peux pas répondre avec la sincérité qu'il faudrait. On dirait moi à l'époque du bandeau sur l'œil, lorsque je croyais que les gens regardaient avec leurs deux yeux.

Entre une femme blanche et un Latino, je suis celle qui subit la morsure du monstre. Dans mes groupes féministes, je suis celle qui dit qu'à la maison je suis la plus opprimée. Personne ne me croit car je gagne plus d'argent qu'eux. Mais ma vie ressemble à ce qui se passe entre un homme et une femme blanche. Chaque fois que j'essaye de dormir avec elle, je pense à lui. Pas seulement à son désarroi naturel. Je l'imagine aussi en train d'entrer dans la chambre de l'amie que nous logeons depuis que Roci nous a dit et répété que le schéma familial l'étouffait. À présent, nous formons un autre type de groupe humain. Notre amie dort dans la chambre contiguë à celle de Jaime, au sous-sol, mais moi, je ne dors pas, les yeux rivés au plafond, je crois les voir dans la lumière ténue des oubliettes, les corps emmêlés et les yeux brillants, à se murmurer des idées bizarres au creux de l'oreille, se lisant l'un à l'autre des paragraphes de livres oubliés, vivant une certaine intimité à mes dépens. J'ignore ce qui me fait le plus mal, qu'il ait besoin de moi ou qu'il n'ait plus besoin de moi. Je ne peux rien lui donner tant que je suis en haut. Roci, en revanche, ne m'a que pour elle à présent, mais elle n'a pas besoin de moi.

J'attends qu'elle s'endorme langoureusement dans notre lit telle la statue d'un ange sur un mausolée. J'attends qu'elle soit dans une phase de sommeil profond, plus loin encore de moi qu'à son habitude depuis que je suis revenue. Alors je quitte le lit, je traverse la pénombre, aveugle, sans faire de bruit, je descends les escaliers et je pousse la porte, prête à le découvrir avec notre colocataire ; et je constate avec soulagement et un sentiment de culpabilité qu'il est là, qu'il n'est pas parti, qu'il est toujours cet amas unique, cette silhouette solitaire qui ronfle, mon homme que j'ai trahi avec un autre homme, celui qui me partage avec une femme, celui que j'ai remplacé dans notre lit. Je me glisse dans les draps qui l'enveloppent, je l'enlace sous les couvertures comme si j'avais toujours été là, allongée à ses côtés, comme si je n'avais fait que changer de position pour ne pas engourdir mon bras. Son corps est chaud, il respire et il semble à l'abri.

Mais je ne peux pas rester près de lui très longtemps. J'essaye de dormir, mais je n'y parviens pas. Car à présent je pense à elle, dans ce lit inhospitalier, sursautant au moment où son téléphone vibre, une lumière artificielle qui la réveille et à laquelle elle veut livrer son corps. Je la vois dans mon fantasme amer, se réfugiant dans des fenêtres virtuelles par lesquelles s'immiscent des forces séductrices et malignes qui sucent, jusqu'à la dernière goutte, son suc pur, blanc et nu. Ce dont je ne me nourris plus.

Je suis l'oiseau carnivore devenu proie, qui survole avec parcimonie les chasseurs à ses trousses. Il y a des moments où je désire sentir le soulagement profond d'un assassin.

J'ai également peur de la perdre dans ce bref intervalle durant lequel je me distribue moi-même, comme on le fait avec la pauvreté dans le monde. Incapable de rendre justice à qui que ce soit. Alors je sors du lit, je le quitte, je remonte, saisie par la même angoisse, je traverse de nouveau la pénombre et me glisse dans l'autre couche. Elle est là, elle ne fait que dormir. Je m'allonge à côté d'elle mais je n'arrive pas à me réchauffer ni à m'endormir, pas plus que je ne parviens à arrêter les assauts de l'angoisse. Et ce manège se répète plusieurs fois en une même nuit, je monte puis je descends, et j'envie la quiétude qui est toujours l'apanage des autres.

– En réalité, la vie de ton ancêtre célèbre est un peu *sfumata*, me dit Benjamín au téléphone.

Mon meilleur ami vit à Paris depuis qu'il a épousé un natif, lors d'un mariage où j'ai fait scandale pour avoir fricoté avec deux de ses témoins, ce qu'il a eu du mal à me pardonner. Mais j'ai tout de même réussi à le convaincre d'aller dans une grande bibliothèque de la capitale pour chercher quelques livres sur Wiener, dont la biographie la plus récente écrite par Pascal Riviale, un spécialiste des grands noms de l'archéologie française dans le Pérou du XIXe siècle. J'ignore si j'ai besoin d'un spécialiste, surtout un type aussi grincheux, mais je n'ai pas tellement le choix. Je sais qu'il fait partie de ceux qui s'évertuent à le critiquer, mais c'est aussi un des rares chercheurs qui connaissent son travail, or je veux lui demander s'il sait quel a été le destin de Juan, l'enfant acheté par Wiener, une fois arrivé en Europe. D'après Benjamín, les informations biographiques sont pauvres, ponctuelles, il n'y a jamais de détail, ce ne sont que des données issues de l'administration française.

– Ce n'est pas par hasard si les Français ont inventé les démarches administratives et la corruption.

Benjamín vit dans ce pays depuis suffisamment longtemps pour passer la journée à ironiser sur les travers français, mais je ne l'encourage pas à poursuivre dans cette direction. Ma vie amoureuse et familiale actuelle ne me permet pas de supporter davantage d'interludes.

– Mais on ne sait pas s'il a été marié, s'il a eu des maîtresses, des enfants biologiques ou adoptifs ?

– Non, il n'est question ni de femme officielle ni d'une maîtresse, encore moins d'un enfant indigène, peut-être qu'on en trouve une trace dans les archives secrètes ou parmi les momies incas de ton grenier familial.

– J'ai déjà essayé dans cette direction, mais il n'y en a aucune trace. Alors, tu n'as rien trouvé d'autre ?

– Ce que tu sais déjà, le pauvre homme était victime de ce qu'on considère encore aujourd'hui comme des tares dans cette république libre, égalitaire et fraternelle : c'était un étranger, et un étranger d'une autre confession.

Parfois je l'oublie, mais avant de devenir Charles, Karl était aussi un Juif et un immigré, quelqu'un qui désirait s'assimiler, ne plus être stigmatisé.

– Ce qui est clair, chère amie, c'est que M. Riviale et les autres universitaires s'acharnent sur lui à coups de batte de base-ball, personne ne le prend au sérieux en tant qu'archéologue, même si on lui accorde des talents de *raconteur*, une vertu ou un vice dont tu as sûrement hérité… Un sacré personnage, ton ancêtre. Il avait même un ennemi, un certain M. Ber.

Je consulte les notes que Benjamín a prises pour moi. Les premiers doutes à propos du manque de rigueur scientifique dans la démarche archéologique de mon arrière-arrière-grand-père étaient déjà formulés dans le prologue et l'appendice de l'édition de 1993 de son ouvrage *Pérou et Bolivie*, l'édition que j'avais. Mais dans la réédition française de 2010, Riviale va bien plus loin et affirme, avec l'assurance que lui confère sa rigueur académique, que Charles n'est pas toujours le véritable auteur de ses découvertes. “Il avait la fâcheuse tendance de s'attribuer les découvertes des autres, ou de minimiser le rôle de ses collaborateurs locaux”, écrit-il. Il raconte également qu'un grand nombre d'entre eux se sont indignés en voyant comment, après l'avoir aidé, convaincus qu'ils étaient en train d'apporter une contribution majeure à une mission officielle du gouvernement français, on passait leur rôle sous silence. Des particuliers, des chefs d'entreprise, des médecins ou des diplomates ont donné à Charles, de bonne foi, une partie de leurs grandes collections, qui étaient également le fruit du *huaqueo*. C'est pour cette raison que, bien souvent, Wiener ne connaissait pas leur véritable origine, il se trompait fréquemment à propos du lieu dont ces pièces étaient originaires, ce que les archéologues qui sont venus après lui ont dû tirer au clair. Il utilisait des cartes réalisées par d'autres mais prétendait qu'elles étaient de son cru, proposait l'emplacement de sites qui étaient parfaitement connus comme si c'était lui qui les avait découverts. Le pire, c'est qu'il orientait certaines de ces cartes à l'envers, plaçant le sud à la place du nord. Les photos non plus n'étaient pas toutes de lui. Aujourd'hui, on sait que certaines d'entre elles avaient été prises par un Français installé à Lima, Eugenio Courret, et d'autres par le Bolivien Ricardo Villalba ; ou encore qu'il avait trafiqué des images pour illustrer des choses qui n'avaient rien à voir. Il a même plagié son propre maître, Léonce Angrand, précise Riviale, celui qui l'a conseillé avant qu'il ne parte en mission en Amérique du Sud. Wiener a utilisé une partie des recherches sur les cultures préhispaniques réalisées par son maître, à qui il aurait demandé ses notes, qu'il a mélangées aux siennes, de sorte qu'il s'avère impossible de dire avec certitude ce qui est de Wiener et ce qui doit être attribué à Angrand.

Visiblement, le pillage du travail des autres a été un moyen supplémentaire pour faire sa propre promotion en tant qu'auteur. Donner l'image d'un bon explorateur ne lui suffisait pas, il voulait être vu comme un explorateur exceptionnel. C'est ainsi que "l'homme des médias" a pris le pas sur le scientifique, comme dit Riviale.

Mais je ne pense pas que nous puissions comprendre la façon dont fonctionnait la recherche historique et archéologique de cette époque si on se contente d'analyser le comportement d'une série d'individus comme Wiener. Il n'était pas un cas qui se serait corrompu, isolément, flottant tel un satellite à côté de la sacro-sainte institution scientifique, il en faisait pleinement partie et s'inscrivait dans un système académique masculin, occidental, avec ses jeux d'influence et ses relations de pouvoir. Toute cette machine avait pour but de projeter l'image de la nation française dans le monde. Et, dans ce domaine, Wiener était le meilleur. La France n'était pas gênée par le style exubérant de Charles, elle avait déjà ses trophées. La France était aussi roublarde que lui. Peu importait la manière dont Wiener avait mis la main sur les dix tonnes d'objets archéologiques qui sont arrivés, à la toute fin du XIXe siècle, depuis le Pérou jusqu'au cœur de l'Europe, le tout relativement bien empaqueté. Le concept de "patrimoine culturel de la nation" n'avait pas encore été inventé. Le Pérou n'était même pas une nation à proprement parler. Mais pour l'Empire français, il s'agissait d'une opération marketing de taille.

Tant qu'il a pu jouer au scientifique digne d'être décoré, à l'officier d'honneur, dissimulant les magouilles et les coups fourrés de son monde pré-académique, ce qui le préoccupait, en vérité, c'était de garantir l'efficacité de son récit et la construction de sa légende personnelle, deux occupations qui contribuaient, de concert, à la victoire de la nation qu'il représentait. Pour cela, il a eu recours à toutes les figures littéraires, tout particulièrement à l'hyperbole; si quelque chose s'épanouit, c'est bien sa voix à la première personne, s'il y a une figure qui se distingue par-dessus toutes les autres, c'est celle de Charles Wiener, si quelqu'un a l'air extraordinaire, c'est bien lui, s'il y a des péripéties impressionnantes, ce sont bien les siennes; s'il y a des opinions qui déconcertent, indignent et frappent l'esprit, ce sont aussi celles qui émanent de lui, avec une honnêteté ahurissante.

Les médias recherchaient de l'épique des explorateurs, et Charles leur a offert ce qu'ils désiraient. Et il y est parvenu car il n'était pas seulement un voyageur qui écrit, mais aussi un écrivain qui voyage.

N'est-ce pas ce que font tous les écrivains, saccager l'histoire véritable, la vandaliser jusqu'à obtenir un éclat différent dans le monde ? En chemin, néanmoins, il s'est mis à briller davantage que le monde qu'il affirmait avoir découvert et, au passage, il a plongé ce qui l'entourait dans l'ombre. Les spécialistes qui travaillent sur son œuvre s'accordent pour dire que Wiener a écrit des récits de voyage et, même s'il ne le fait pas exprès, que ses textes se lisent comme des romans. Par une ironie du sort, son unique lien avec le roman est une évocation fugace dans *L'homme qui parle* de Mario Vargas Llosa, où il apparaît comme l'explorateur français qui, en 1880, "est tombé sur deux corps de machiguenga, abandonnés de manière rituelle dans le fleuve, il les a décapités et ajoutés à sa collection de curiosités trouvées dans la forêt péruvienne".

Dans *L'image française du Pérou*, l'historien Pablo Macera le décrit, fasciné, comme quelqu'un qui écrit avec une "émotion authentique" et "émet des jugements durs et exacts [...] sans pour autant penser être en possession de la vérité absolue". Puis il déclare : "Chacune de ses lignes est irremplaçable." Pour lui, son livre *Pérou et Bolivie* est le meilleur des écrits portant sur l'Amérique méridionale à la fin du XIXe siècle.

Wiener, en effet, écrit des textes fluides, c'est un chroniqueur du détail et de l'excès, un fabulateur, de ceux qui savent à quel moment ils doivent se foutre de l'éthique et des conventions littéraires pour captiver ses lecteurs, n'hésitant pas à rehausser l'histoire de ses aventures avec toutes sortes de recours littéraires, transgressant les règles du jeu dans un domaine où on ne devrait pas se laisser aller à des exagérations. Et il est, sans doute, le créateur de son propre héros, le personnage principal : lui-même. S'il avait vécu au XXIe siècle, on l'aurait accusé de la pire chose que l'on peut imputer à un écrivain de nos jours : faire de l'autofiction. Mais il se serait peut-être senti plus à l'aise aujourd'hui, à une époque où la vérité a perdu tout son prestige. Il n'aurait pas senti cette sueur froide au bas du dos chaque fois où on l'aurait sollicité pour défendre quelque chose d'aussi impraticable qu'une certitude.

Je ne peux pas éviter de m'identifier avec la manière épouvantable qu'il a d'intervenir dans la réalité quand cette dernière échoue, et de faire de son expérience la mesure de toute chose. Je suis assaillie par la solidarité de l'experte en montage. Son autoportrait vital, celui d'un narcissique obsédé par le succès, est tellement impudique qu'il n'a pas besoin d'être mis à nu. Combien de fois m'a-t-on demandé pourquoi je me mettais à nu dans mes livres et n'écrivais que sur moi pour, à chaque fois, finir par être encore plus insupportable dans mes réponses. Je connais bien la lente fabrique du moi, la part de révélation qu'il y a dans ma matière première, dans la matière brute d'une histoire sans fiction apparente, et les dangers inhérents à la construction d'un personnage qui est toi-même, quand on ne maîtrise pas encore l'art d'enlever les petites poussières à l'heure de se raconter. Je crois que c'est l'écrivain Jonathan Lethem qui l'a dit. L'emploi de la première personne peut te conduire à être injuste et à croire que tu as le dernier mot, et même la mauvaise conscience est incapable de te sauver. Charles devait comprendre ce que cela signifiait, la frustration narcissique ultime de savoir que nous ne pourrons jamais écrire la chronique de notre propre mort, alors que c'est sans doute la chose la plus importante qui va nous arriver.

Mon agacement face aux passages colonialistes, racistes et cruels des livres de Wiener à propos de ma culture ouvre la voie à une empathie soudaine pour sa position involontairement anti-académique et égocentrique. Cela fait un moment que j'essaye de faire la part des choses, de me déconnecter de son héritage au-delà de ce qui relève du sang, et il s'avère que mon lien le plus fort et, peut-être, le seul, sera celui-là. Comme si soudain je comprenais mes traumatismes, mes animosités, je me déplace dans ses pages comme dans un labyrinthe de miroirs versaillais. Un pont jusqu'alors invisible se fait jour entre nous, un pont qui traverse l'histoire, ce que l'un et l'autre sommes et n'avons pas été, ce que nous n'avons pas osé être, quelque chose qui s'appelle l'imposture.

J'ouvre le groupe privé de la famille Wiener sur Facebook. Il a été créé il y a quelques années par un de ces cousins et oncles qui se comptent par dizaines, afin d'échanger avec les autres membres de la famille sans avoir à attendre que quelqu'un meure. Je connais environ dix pour cent de ses membres. Le groupe s'occupe notamment d'archives où l'on trouve quelques dossiers avec des photos de Charles Wiener, de Carlos Manuel, de ses enfants et petits-enfants. J'ai l'idée de publier un post pour demander si quelqu'un a des informations à propos de María Rodríguez, mais je n'apprends rien de nouveau, la plupart des membres du groupe la confondent avec une autre personne. Quelqu'un dit avoir entendu qu'elle était mulâtre. Un autre dément. Un cousin de mon père me rappelle qu'un de ses amis d'origine palestinienne a effectué des recherches remarquables sur les origines de Wiener afin d'obtenir les extraits de naissance qui lui étaient nécessaires pour solliciter un passeport européen. Le travail en question se trouve sur le site Monografías.com et s'intitule "Charles Wiener, à la recherche de l'identité perdue". Son auteur y laisse entendre que Wiener serait l'authentique découvreur de Machu Picchu. Cet ensemble d'informations biographiques comporte, en dehors de certaines infos connues de tous, quelques chapitres de son livre *Pérou et Bolivie* et énormément de photos de mes tantes. Dans cet ensemble hétéroclite, il y a un fragment du certificat de baptême de Carlos Wiener Rodríguez, célébré à Trujillo en l'an de grâce 1877, où l'on peut lire ceci :

> Dans la Sainte Église Paroissiale de Saint-Lazare, le dix-sept septembre mille huit cent soixante-dix-sept. Je soussigné, le curé de cette paroisse, j'ai exorcisé, baptisé solennellement, oint d'huile et de saint chrême, Carlos Manuel, enfant blanc, âgé de quatre mois et vingt-deux jours, fils naturel de Don Manuel Wiener, originaire de France, et de Doña María Rodríguez, originaire de Trujillo, son parrain est Don José Hurtado, et les témoins, Don José Guevara et Román Guevara, tel que je le certifie. Manuel Ramos.

On ne parle pas de Charles, on ne parle pas de Karl, on parle de Manuel. Manuel Wiener. Mais c'est qui, ce Manuel ?

Je touche vraiment le fond non pas lorsque je découvre que je ne suis peut-être pas celle que je suis, mais un jour où je vais chercher Roci à la librairie dans laquelle elle travaille. Comme elle n'a pas ses lunettes, que j'ai attaché mes cheveux et porte un manteau inhabituel, elle me regarde et me salue de manière cordiale, comme si j'étais une inconnue qui vient de passer la porte. Durant de très longues secondes, ses yeux balayent mon corps, le traversent, mais ne s'attachent pas à moi. Je suis blessée par ce regard insipide qu'elle m'adresse, ce regard indifférent, celui que nous portent les personnes qui n'éprouvent rien à notre égard. Elle ne m'aime plus, elle ne m'a jamais aimée.

Puis elle ne reconnaît, elle me sourit, elle s'avance vers moi, elle m'embrasse, contente, et moi je revis.

Elle a treize ans de moins que moi. Ça veut dire que quand j'ai eu mes règles, elle n'était pas encore née. Quand j'ai eu ma première relation sexuelle, elle portait encore des couches. Quand j'ai lu *Cent ans de solitude*, elle n'avait pas encore appris à parler. Quand elle a fait sa première communion, j'avais déjà avorté. Je pourrais continuer. Trop souvent, j'ai fait ces comparaisons troublantes et douloureuses. Mais il y a d'autres choses qui nous séparent. Non seulement elle est blanche et bien plus jeune que moi, mais elle est aussi très mince. Au début, quand nous faisions l'amour, je fermais les yeux très fort pour ne pas voir que mon corps avait deux fois plus de masse musculaire que le sien. J'ai failli rompre avec elle car j'ai pensé que je n'allais pas pouvoir avoir du désir sans me sentir petite dans le lit, un de ces trucs du patriarcat. Puis j'ai appris à me sentir grande et à l'adorer comme une étoile de mer adore la vague qui l'engloutit.

Je lui plais telle que je suis, elle le dit tout le temps, elle est trop gentille ou trop féministe pour ne pas l'éprouver vraiment, mais le corps accepté n'est qu'une théorie. Le corps qui est né marginal, par manque ou par excès, met toujours mal à l'aise et se sent toujours remis en question. Ce corps-là ne croit personne, encore moins l'amour. Le troll s'alimente de la peur et moi, je suis mon propre troll. La possibilité d'un corps perfectible, qui peut maigrir, évoluer, nous harcèle de l'intérieur et, même s'il mine les possibilités de devenir un corps valide, il se sait en progrès et en attente. Mais un corps refusé, couleur marron, c'est un boulet, il a passé trop de temps sous terre et, chaque jour, il redevient le corps d'une petite fille du passé sous le regard des racistes.

Ce serait logique d'être parfois taraudée par la peur de l'abandon. Que j'oscille entre la peur d'être oubliée par ma fiancée blanche de nature non monogame et la frayeur à l'idée que mon mari latin et attirant me quitte pour une autre.

Mais le signal suivant va au-delà de la logique que je connais déjà. Je commence à être furieusement inquiète chaque fois qu'elle part au travail. Huit heures par jour dans cette librairie. Je ne peux pas m'enlever de la tête l'idée que, jour après jour, elle découvre et lit des livres qui ne sont pas de moi. Son admiration pour les mots des autres me tourmente. Elle ramène des livres à la maison et passe des heures à lire, loin de moi. Je ne peux pas supporter la manière dont elle nous vole du temps, à toutes les deux, pour plonger dans le regard de quelqu'un qui ne chante pas pour la rose, mais la fait fleurir. Je sais que très souvent elle n'ose pas me dire qu'elle pense que ce sont des livres formidables, écrits par des femmes bien plus féministes que moi. Elle rit et elle pleure, elle apprend et s'émerveille. Et rien de tout cela n'a à voir avec moi.

Mes pensées me dégoûtent. Qu'est-ce que je veux, putain? Je n'ai pas déjà baisé comme je voulais? Pourquoi ne pas les laisser tranquilles? Est-ce que je n'ai pas envie de continuer à baiser avec d'autres? Je décide de faire quelque chose à ce propos. Chercher cette foutue chambre à soi. Me déconnecter d'elle, de lui; je me résigne à faire des choses nouvelles et étranges pour divertir mes démons, quelque chose que j'ai toujours détesté dans les livres de développement personnel féminin, pour trouver la solution ultime. Mais je cherche du soutien parmi des camarades engagées dans l'activisme et le combat politique dans leur milieu, qui travaillent depuis longtemps autour d'idées et d'expériences partagées, souvent douloureuses, que je rumine depuis longtemps sans oser les montrer autour de moi. Je ne suis pas blanche, je ne vais pas m'inscrire dans un atelier de céramique. J'apprends que plusieurs d'entre elles sont en train d'organiser un groupe nommé "Décoloniser mon désir" pour parler de corps, de sexaffectivité. Un groupe réservé aux femmes racisées. Je m'y inscris. Je suis décidée à y aller pour travailler sur ces sujets. Cet intitulé, à présent, me représente mieux que tout. Je veux réduire la part du patriarche qui habite en moi et cesser de jalouser ma copine espagnole.

Quelques jours plus tard, j'obtiens enfin l'adresse électronique du winérologue Riviale, et je décide de lui écrire. Je lui envoie un message, encore sous le choc de ma découverte récente, ce prénom étrange sur le certificat de mon arrière-grand-père. Ce n'est pas un certificat de naissance, mais de baptême, cependant même ainsi, cette donnée complique tout – à moins que ce soit le contraire.

Gabriela Wiener <gwiener@gmail.com>

Bonjour Pascal, je suis Gabriela Wiener, journaliste, écrivaine et descendante de Charles Wiener. Je n'ai pas l'habitude de me présenter comme ça, mais je peux expliquer pourquoi je le fais. Je sais que vous avez consacré une partie de vos travaux de recherche à la figure de Wiener. Puis-je vous poser quelques questions ?

Gabriela

Pascal Riviale

Chère Gabriela,

Au cours de mes recherches, j'ai eu l'occasion de constater qu'il existe une hypothèse selon laquelle Charles Wiener aurait eu une descendance au Pérou. Votre avis à ce sujet m'intéresse et, bien entendu, je répondrai avec plaisir à vos questions. J'ai récemment publié une réédition du récit de voyage de Wiener. Dans l'introduction que j'ai écrite, je donne certaines informations biographiques qui pourraient vous intéresser.

Je reste à votre disposition,

Pascal

Quel avis pourrais-je donc avoir sur la descendance de Charles Wiener au Pérou ? Riviale ne s'en est pas rendu compte, mais il vient de m'appeler, sans doute avec la meilleure des intentions, une "hypothèse". Je n'ai rien entendu d'autre durant ma vie, mon prénom est suivi du nom de famille d'un homme prénommé Charles, mais voilà qu'un spécialiste le met en doute, comme si j'étais une nouvelle pseudo-découverte de Wiener. Et cela vaut pour moi comme pour tous les autres membres du groupe Facebook.

Je réalise alors que j'ai demandé à un Européen que je ne connais pas ce qu'il sait à propos de moi, ce qu'il sait à propos de nous. Et le pire, c'est qu'il croit le savoir, le pire, c'est qu'il m'a répondu.

À quelques mètres de l'endroit où Charles prononce son discours, le palais du Trocadéro abrite une des attractions les plus populaires de l'exposition, le zoo humain "Village nègre", qui recrée une communauté africaine avec quatre cents authentiques natifs importés pour l'occasion, comme une sorte de Disneyland du colonialisme. Le musée s'inspire des expositions humaines du zoologue et directeur de cirque allemand Carl Hagenbeck, qui allaient se perpétuer à Paris jusqu'en 1930 dans le Jardin d'acclimatation, un espace didactique où l'on expliquait aux Français le fonctionnement de leurs colonies. Des milliers de visiteurs ont payé une entrée pour voir des êtres vivants en captivité, sous prétexte de s'instruire. En Allemagne et en Belgique ils ont également constitué une attraction très populaire et ce n'est qu'en 1958 qu'on a fermé à Bruxelles le dernier zoo avec des êtres humains. On y exposait des centaines de Congolais, parmi lesquels un grand nombre d'enfants, derrière une palissade en bambou. Les personnes en charge de l'exposition encourageaient les visiteurs à leur lancer de l'argent ou des bananes s'ils étaient trop passifs.

Les reconstructions délirantes en carton-pâte de hameaux entiers ont été occupées par d'authentiques natifs séquestrés ou emmenés en Europe par la ruse. Une famille au complet a été enlevée dans la baie de Saint-Philippe, en Terre de Feu, et ses membres ont été exposés derrière des barreaux, retenus par des chaînes, sans avoir la possibilité de se laver pour avoir l'air sauvage. Pour simuler qu'il s'agissait de cannibales, chaque après-midi on leur jetait des morceaux de viande crue. Dans le Jardin d'acclimatation, deux familles d'Indiens Mapuches constituées de six hommes, quatre femmes et quatre enfants, ont été exposées en train de jouer au palin ou de souffler dans une trutruca.

À cette même époque, à Madrid, dans le noble parc du Retiro, juste à côté du palais de cristal, l'Espagne a eu l'opportunité d'être à la pointe de la mode coloniale en suivant la tendance des zoos humains européens. Il est vrai que l'Empire espagnol était déjà en lambeaux et il ne lui restait plus beaucoup de colonies, mais l'Espagne n'a pas voulu être en reste par rapport aux autres puissances, alors elle a inauguré en octobre 1887 son propre parc thématique du racisme avec une centaine d'indigènes des Philippines, parmi lesquels un grand nombre de Chamorros, Tagalos et Carolinos. Les Madrilènes ont pu apprécier la manière dont se déroulait la vie quotidienne de leurs colonisés, les Catalans également. Non loin de la place de Catalogne, à Barcelone, on a ouvert au public le zoo "Noirs Sauvages".

Charles ne peut pas voir ce que j'ai vu, moi, la fois où je suis sortie du musée du quai Branly à Paris et j'ai longuement marché jusqu'à longer le Jardin tropical du bois de Vincennes, un autre lieu décadent ayant accueilli des expositions coloniales, le terrain où l'on a planté des boutures de café et la fausse scénographie des possessions françaises en terre lointaine. À présent, la pelouse n'a pas grand-chose de tropical, mais elle pousse librement, recouvrant le décor du campement touareg, le village d'Indochine ou les ruines du pavillon du Congo, ravagé par un incendie volontaire. Il ne reste plus de traces des personnes qu'on a mises en spectacle et on pourrait presque penser que ce jardin à l'abandon est la preuve que ces idées sont loin derrière nous, que l'humanité a progressé, mais c'est encore une image trompeuse.

Charles tousse, il s'éclaircit la gorge. Serrant encore dans ses mains le papier dactylographié et humide sur lequel se trouve son discours, il croit voir, au loin, un enfant qui court, perdu, dans les galeries du Champ de Mars, alors il perd pied. C'est le petit Karl qui déambule dans les couloirs de la maison de correction pour les enfants délinquants que dirige son père, à Vienne. À moins qu'il ne s'agisse de Juan, qu'il croit voir, fou de désespoir, s'éloignant des bras de sa mère indienne alcoolisée. Soudain, son regard se voile, il pense qu'il a peut-être perdu la raison, c'est qu'il n'arrive pas à oublier son acte de naissance : Karl Wiener Mahler, jüdische. Il se voit lui-même arrivant à Paris, après avoir enterré son père en Autriche, tenant sa mère par la main. Il se voit en train de regarder les illustrations de l'histoire "Le Juif dans les épines", le conte des frères Grimm qu'on lui a lu à l'école. Et il est parcouru d'un frisson, comme à l'époque, quand l'oiseau blessé tombe dans les ronces et que le Juif ne peut pas le sauver parce qu'un air de violon le fait danser comme un possédé. Il se voit en train de recevoir un énième refus à la demande faite auprès du ministre de la Justice pour obtenir la nationalité française, alors qu'il n'avait pas encore dix-huit ans. Par la suite, il est tellement fatigué de n'être qu'un obscur professeur d'allemand qu'il aurait pu s'arracher la langue. Dans une vision qui l'assaille l'espace d'un instant, l'avenir est une boule de papier froissé dans la main de l'Histoire sur lequel nos noms sont biffés.

Et tout se passe comme si les expositions universelles, les missions, les tournées, les présentations, les cirques, les jardins, les fouilles, les musées, les camps crachaient des créatures, les lâchaient, sans que lui ni personne ne soient capables de contenir la diaspora, comme si les cages s'ouvraient pour laisser s'échapper les chiens mésoaméricains, les Maures, les Tartares, les Barbares, les nains, les albinos, les bossus, les gladiateurs, les femmes centenaires, les siamois, les six esclaves de Christophe Colomb, le cul de Saartjie Baartman, la Vénus hottentote, Ota Benga et son orang-outan, la femme à barbe, Máximo et Bartola, les enfants microcéphales du Salvador, les Aztèques lilliputiens, les Selk'nam, les Indiens de la Terre de Feu que l'on a mis dans l'enclos des autruches, les nomades, tous ceux qui sont restés à l'écart, les Juifs.

Mais ce n'est qu'un léger émoi, comme une fugue qui a lieu dans sa tête. Il boit une gorgée d'eau, il cesse de voir tout ça, alors il peut continuer à parler des spectaculaires murailles de Chan Chan, construites par des hommes toujours plus anciens que nous.

Des mois après sa glorieuse soirée dans la grande Exposition universelle, la lettre tant attendue lui parvient. Ça y est, Charles, tu es français.

Le racisme scientifique a connu son apogée au XIXe siècle grâce aux progrès réalisés dans différentes branches du savoir qui ont contribué à construire le socle d'une conception raciste des sociétés. Des biologistes et des anthropologues se sont efforcés de diviser l'espèce humaine en catégories, d'après la couleur de la peau et d'autres traits physiques, établissant une hiérarchie entre les personnes et accordant la suprématie à la race blanche. C'est dans la seconde moitié de ce siècle que les Empires européens ont eu recours à ces théories pour justifier l'exploitation coloniale et les politiques génocidaires en Amérique, Asie, Océanie et surtout en Afrique. En 1885, la Conférence de Berlin a entériné le partage de l'Afrique, dans le cadre d'un sommet réunissant douze pays européens, auxquels s'ajoutaient les États-Unis et l'Empire ottoman, afin de s'attribuer des droits territoriaux exclusifs sur ce continent sans consulter les populations qui y habitaient. Cette vision du monde légitimait que le Congo devienne propriété privée du roi Léopold II de Belgique, son parc d'attractions personnel pour réduire en esclavage, torturer et assassiner des Congolais. La France a conquis Madagascar et détruit Tombouctou, ainsi que le royaume du Dahomey. La Grande-Bretagne a fait de même avec le Bénin. En 1906, lors de la Conférence d'Algésiras, la France et l'Espagne se sont partagé le Maroc.

Sur ce pont fragile qui continue à se dessiner dans mon imagination, je ne peux pas oublier que Charles est né avec le racisme moderne, celui qui nourrit les nations telles que nous les connaissons ; il n'est rien d'autre qu'un produit raffiné de son temps. Il est né juif à l'époque où toute l'Europe s'est mise à penser que les Juifs avaient mis en marche une conspiration universelle pour dominer le monde entier. Quatre ans avant sa naissance, on a coupé les cheveux et la barbe de certains Juifs de Varsovie qui défendaient leur habillement typique. Wiener était âgé d'un an lorsque Wagner a publié un article dans lequel il soutenait que les musiciens juifs causaient du tort à la culture allemande. Et de deux ans lorsque le philosophe français Arthur de Gobineau a publié son *Essai sur l'inégalité des races humaines*. Et alors qu'il était déjà en Amérique latine comme un voyageur français de plus, le sinistre journaliste Édouard Drumont a fondé la ligue antisémite pour dénoncer la mainmise des Juifs sur la France. Vingt ans après la mort de Charles, ce serait l'Holocauste.

Le darwinisme social et les théories eugéniques étaient en plein essor dans les années 1870, la décennie de ses expéditions. Je ne sais pas s'il croyait qu'il y avait des races inférieures, mais en tout cas il ne justifiait pas leur extermination, il croyait à leur progrès et régénération. D'après Charles, la couronne espagnole avait porté atteinte non seulement à ces peuples, mais encore à ses propres héritiers, les élites blanches péruviennes issues des anciens colons, qui ont continué à opprimer et à exploiter les descendants des prestigieux Incas jusqu'à les réduire, irrémédiablement, à l'état de loques. C'est pour cela qu'il a emmené Juan en Europe, pour prouver que sur un autre continent il parviendrait à se civiliser, à s'assimiler, à devenir le bon sauvage qu'il était lui-même.

Ce n'est pas moi qui l'accuserai d'avoir essayé de survivre, de s'être converti au catholicisme, d'avoir mis en scène la picaresque désespérée de l'archéologue professionnel afin de se mettre en valeur, le plus vite possible, dans un environnement hostile. Jusqu'à l'obtention de toute la reconnaissance dont il avait besoin. Ses stratégies insensées d'autopromotion ont abouti à ce que toute personne stigmatisée recherche, à savoir l'immunité. Mais puisqu'on ne se cache nulle part aussi bien que parmi ses ennemis, Wiener a suivi tout le parcours de la victime pour se transformer en bourreau. *Il a été l'arc et la flèche, la corde et la plainte.*

Ma propre escalade dans l'expérience violente de la peur trouve son origine dans le traumatisme.

Qui pourrait dire que je ne suis pas sa petite-fille ?

Dans le groupe "Décoloniser mon désir" ne peuvent entrer que des immigrées racisées, c'est la raison pour laquelle on le présente comme un espace "non mixte". Ce n'est pas un groupe pour les Blancs. C'est peut-être le seul endroit au monde où être en couple avec une femme blanche et mince n'est pas quelque chose de prestigieux, mais au contraire mal vu. Ici, Roci, même si elle est lesbienne, n'est pas la bienvenue. Ici, on regarde avec suspicion la blancheur de peau, par conviction, comme une performance vivante, pour rendre en retour le regard cruel porté pendant des siècles sur nos propres corps. On regarde le pouvoir avec intransigeance, car le pouvoir est aussi racial. C'est une manière vengeresse et symbolique de réclamer ce qui a été volé. Nous sommes en Espagne : alors, en contrepartie, nous nous réservons le droit d'admission dans notre parcelle. C'est, si l'on veut, une expérience pédagogique vers l'extérieur et vers l'intérieur, une autre façon d'être ensemble, de réfléchir à ce qui nous fait du mal et d'imaginer une forme de réparation. La première chose qu'apprend toute personne qui est un peu curieuse à l'égard du racisme dans le monde et qui possède ne serait-ce qu'une infime volonté d'appeler à une prise de conscience, c'est que si la nouvelle véhémence que supposent les groupes non mixtes te semble elle-même raciste, tu ne mérites pas d'être là pour écouter ce que nous avons à dire.

Nous sommes assises, en cercle, dans la plus grande pièce d'un squat, chacune d'entre nous se raconte, dit d'où elle vient, pourquoi elle est là, avec qui elle baise et ce qui lui pèse. Il se trouve que, par hasard, il n'y a là que des femmes et au moins huit d'entre nous baisent avec des Blancs ou des Blanches, certaines même de manière exclusive. La plupart avouent en avoir assez de leur mariage monogame avec un monsieur ou une dame espagnole qui les traite de manière condescendante, avec froideur, et avec qui elles ne baisent plus depuis des mois. Je dois reconnaître, un peu mal à l'aise, que je ne baise plus beaucoup, pour la première fois de ma vie. Heureusement que j'ai encore un mari *cholo*. Qui aurait dit qu'en pleine vague féministe, Jaime allait s'avérer être ma seule arme pour me décoloniser. Ah oui, je dis aussi que j'en ai assez du polyamour. Je raconte avec un sentiment de honte difficile à dissimuler les derniers épisodes de ma vie contradictoire, mon infidélité anachronique et le sentiment de jalousie ingérable à l'intérieur de ma relation ouverte.

Je commence à craindre que tout ça soit un groupe de Baise-Blancs Anonymes venus ici pour décrocher en rédigeant les 12 étapes. Et d'abord, pourquoi voudrions-nous cesser de le faire ? Une des animatrices prend la parole. C'est une Colombienne originaire de Barranquilla, grande, non binaire et à la peau couleur marron. Je viens de la voir devant la porte en train de dire au revoir à son amante noire. Elle a beaucoup à nous apprendre. Elle me regarde et dit :

– Nous ne voulons pas arrêter de baiser avec des Blancs, ce que nous voulons, c'est commencer à baiser entre nous. Nous avons blanchi le sexe, nous avons blanchi l'amour, nous l'avons rationalisé. Le polyamour, par exemple, est une pratique blanche qui ne prend pas en compte la circulation du désir et ses limites pour des personnes comme nous, les moches de la fête. Méfiez-vous des yeux bleus et de la logique du progrès appliquée au corps ! Nous avons cessé de désirer et d'aimer nos corps en tant que nôtres, nous nous sommes éloignées de nos propres formes de vie amoureuse et sexuelle, de ce qui sort de nos chattes.

J'essaye, pourtant, je jure que j'essaye. Mais chaque fois que je m'efforce de le faire, le petit cul de Roci, doux et blanc, prend vie dans ma tête, je vois deux petits yeux sur ses fesses qui me regardent, comme un personnage de Bob l'éponge. Nous parlons des Baise-Indiennes et des Baise-Noires, ces Blancs plongés dans une culpabilité blanche qui fait qu'ils s'approchent de nos corps de manière exclusivement fétichiste ; mais aussi de ce qui nous arrive à nous, corps racisés, à cause du commandement qui veut que les corps désirables soient les corps blancs, minces et normés, tandis que nous méprisons ce qui nous ressemble. Je connais la théorie. Mais, putain, comment la faire comprendre à mon corps ?

Avec sa voix de Génois, Christophe Colomb me murmure à l'oreille chaque nuit sa phrase typique de couillon décérébré : "On n'arrive jamais aussi loin que lorsqu'on ignore où l'on va." Je désire Roci en partie pour cela, à cause du syndrome de Stockholm. Car elle, elle n'arrête pas d'avancer sur mon île de merde. Et elle me désire, moi, car je l'aide en partie à effacer la tache coloniale de son ADN. À l'inverse du moment où Christophe Colomb a su qu'il y avait de l'or dans les Indes car il a vu une femme avec un piercing brillant, elle a su qu'elle m'aimait quand elle a vu tout ce dont j'avais été dépossédée. Je l'émeus.

– Nous sommes ici pour interroger le désir et décoloniser nos lits. Efforçons-nous de perdre notre fascination pour ce qu'on nous a inculqué comme étant la beauté.

D'accord, je remets en cause le désir, je le fais de manière consciente, mais je suis assaillie par l'angoisse. Quand j'aurai désappris ma fascination à l'égard du colon, est-ce que je voudrai encore faire l'amour avec elle, partager ma vie avec l'Espagnole, ne serai-je pas obligée de la quitter ? Est-ce que ce ne serait pas la solution à mes problèmes ? Si la blanchitude est un régime politique, ne suis-je pas comme le militant noir du parti Vox ? Tout ce que l'on considère beau et laid a été généré par ce système devenu axiome. "Le beau est blanc et a une âme", dit notre femme gourou tandis qu'elle explique qu'un corps qui n'est pas blanc ne peut pas être désiré dans ce cadre, pas plus qu'être aimé, car le paradigme n'est pas seulement esthétique, il est moral et il éduque notre sens de l'amour.

– Nous aimons aussi ce que nous considérons désirable comme produit d'une programmation raciste. Et le laid, c'est quoi ? C'est nous autres.

La femme de Barranquilla finit de prononcer cette phrase qui me remue, celle qui a trait à la fierté des laides, les femmes expulsées du royaume, puis elle propose une activité, elle place son sac à dos au centre du cercle et commence à sortir des godes de verre qu'elle distribue parmi nous. Elle nous donne aussi des morceaux de cuir, des ciseaux, et elle nous aide à confectionner notre propre fouet. Elle nous dit que nous allons jouer au jeu du colon. Elle enlève ses vêtements à toute allure, elle les jette par terre et dit : "Je suis Lucre, voici ce que je suis." Elle touche certaines parties de son corps, elle se retourne, elle allonge les bras comme pour dire "Voilà, je suis comme ça", puis elle nous passe le témoin.

Les autres s'organisent. Moi, je n'ai pas de partenaire, comme dans les cours de sport au lycée, alors Lucre vient m'aider. Elle a des seins presque aussi gros que les miens mais beaucoup plus ronds, les hanches larges et un cul imposant. Ce n'est pas facile d'être habillée à côté d'une personne nue. Je ne me souviens pas d'avoir désiré un corps comme le sien, de toute ma vie. Un corps aussi voluptueux. Aussi foncé. J'ai désiré chez les femmes ce que je voulais pour moi, la minceur, la blancheur. D'une certaine manière, Lucre, c'est comme ces devoirs qu'on doit faire, non pas à la maison mais là, en plein cours. Ses yeux ressemblent à ces blessures gaies et tristes que nous, les femmes à la peau marron, portons sur le visage depuis des siècles. Des petits lacs presque orientaux dans lesquels tremble la lumière. Elle me regarde intensément, comme une espèce d'écureuil occupé à ronger le système qui me possède. Elle rit tout le temps, comme on le fait d'un secret. Je l'amuse. Elle me guide sur son corps et sur le mien. D'abord c'est moi qui frappe, ensuite, c'est elle. Le colonialisme frappe toujours dans une direction et sans consentement. Nous sommes en train de créer d'autres cadres conceptuels. Le gode de verre entre nous, aujourd'hui, c'est pour caresser.

> Nous sommes des voix criardes qui désobéissent à l'idéal civilisationnel de manière excessive. Excès de masse, de graisse, de graisse dans la nourriture, dans la viande, dans les fritures, excès dans les couleurs des vêtements. Des airs romantiques et des drames de télénovela, des infidélités d'un jour de bringue et des déchirements d'amour. Et à côté de ça, il y a le manque. Manque de modération, d'éducation, de culture, d'hygiène, de mesure. Ce qu'il ne faut pas. L'inculture. Des gens qui sentent mauvais et qui ne savent pas, ne comprennent pas, puis qui sont moches.

Lucre vient de lire ce texte du collectif Ayllu, extrait du livre *Rendez-nous l'or*, et d'autres textes de Masson, d'Ortiz, de Piña, de Godoy. Je prends les références en note, pour les chercher. Elle dit que nous devrions toutes connaître leur travail d'exploration, leur action artistique et politique, décoloniale et antiraciste, leur résistance contre une culture qui veut nous instrumentaliser, contre les musées et leur histoire de spoliation et barbarie, contre la fête du jour de l'hispanité. Pour la prochaine séance, il faut que nous apportions un texte écrit par nous et qui interpelle aussi fortement que leurs productions, un texte qui révèle la blessure coloniale, à vif.

Presque devant la porte, Lucre me touche la taille par-derrière et me propose, Une clope ? Nous fumons, mais non pas comme deux agents racisés originaires des anciennes colonies du royaume d'Espagne en plein processus de décolonisation de leur désir, non, nous le faisons sans autant de charge symbolique. Tout juste comme deux meufs totalement étrangères l'une à l'autre, mais qui savent déjà qu'elles vont baiser.

Je suis assaillie par le besoin d'écrire un très long e-mail à Pascal. Je commence par lui dire que je suis au courant de ses publications, j'ai lu ses commentaires à propos de Wiener, j'ai vu sur YouTube une conférence qu'il a donnée à Lima et je partage sa fascination pour le personnage, j'ai également conscience de sa complexité. Mon message est si long que je décide de ne pas l'envoyer, je me contente de lui demander son numéro de téléphone, nous prenons rendez-vous un après-midi. Quelques heures plus tôt, j'ai joint dans un message une copie de l'extrait de baptême de Carlos Wiener Rodríguez. Je n'ai que ce fragment où le père mentionné s'appelle Manuel Wiener, originaire de France. Riviale m'écoute. Je lui demande s'il ne pourrait pas s'agir du deuxième prénom de Charles. La réponse de Pascal accroît ma perplexité.

– Comme vous voyez, les informations de cet acte ne correspondent pas à ceux de Charles Wiener : le prénom n'est pas le même. Il s'agit de Manuel, et non de Charles ; et je ne pense pas que Manuel puisse être son deuxième prénom. D'ailleurs, Charles n'était pas "originaire de France", comme c'est écrit là, car il était encore autrichien lors de son voyage au Pérou, il n'a été naturalisé qu'en 1878. Je vois deux possibilités : soit il s'agit d'une personne avec le même nom de famille (j'ai trouvé dans les archives françaises un autre Wiener qui vivait au Pérou), soit Charles est vraiment le père, mais la mère de Carlos s'est trompée en donnant ces informations. Lorsqu'elle a fait baptiser son enfant, Charles était déjà de retour en France.

– Un autre Wiener… ? Mais les dates de la conception de Carlos coïncident avec celles du séjour de Charles.

– Écoutez : il est arrivé à Callao en février 1876 et il a quitté le Pérou au milieu de l'année 1877. Il est arrivé à Trujillo à la mi-juillet 1876 et il y est resté quelques semaines. La question est la suivante : je ne sais pas si vous avez déjà fait le calcul, mais d'après le certificat de baptême Carlos Manuel est né à la fin du mois de mai 1877, c'est-à-dire qu'il a été conçu au mois d'août. C'est possible que Charles se soit encore trouvé dans la ville à ce moment-là…

Alors comme ça, c'est possible, seulement possible.

Un instant, je m'imagine en train de formuler ces mêmes doutes sur la page Facebook de la famille Wiener. Je pense qu'ils demanderaient qu'on fasse réduire ma tête pour en faire un trophée. Ce sont des doutes qui offensent. Tout de même, ce serait plus qu'étrange qu'il y ait eu un autre Wiener à moitié français au Pérou, aux mêmes dates, qu'il se soit reproduit avant de laisser en plan une dame inconnue, avec un gosse nommé Carlos (Charles), lequel allait grandir sans père, puis qu'il s'en aille et qu'on ne sache à son propos que ce que racontent les historiens.

J'appelle mon oncle, l'historien.

– Tu peux en être sûre, le Manuel en question est bien Charles. Je n'ai aucun doute à ce sujet. J'ai assisté à une conférence de Riviale ici, à Lima. Riviale prétend que quand on confronte les rapports officiels et le livre *Pérou et Bolivie*, certaines exagérations apparaîtraient de manière évidente dans son livre, que Wiener se serait attribué des découvertes réalisées par d'autres. Il est clair qu'à cette époque on ne prenait pas la peine de citer ses sources, mais l'impression que m'a laissée ce chercheur, c'est qu'il n'avait pas beaucoup d'estime pour le travail de Wiener. Certes, Riviale possédait beaucoup d'informations en provenance des archives françaises, mais il lui manquait la documentation péruvienne. Il était trop influencé par les propos d'un autre Français de l'époque, un archéologue amateur qui a accusé Wiener de s'être approprié ses découvertes.

J'envie la manière qu'il a de sortir les griffes pour défendre Charles et la famille, avec ses lumières et ses zones d'ombre. Mais j'essaye de le faire revenir à l'essentiel, la question de notre filiation. D'après lui, il se peut que María Rodríguez ait indiqué ce nom sur le certificat de baptême pour ne pas être "sujette à une quelconque réclamation". Comme lorsqu'on acquiert un produit et qu'on découvre qu'il est cassé, alors qu'on a perdu le reçu. Et si María avait lu quelque part "M. Wiener" et interprété ce M. non pas comme l'abréviation de *Monsieur* mais comme l'initiale d'un prénom, un prénom comme Manuel ? Le père d'un autre M. Wiener, le Péruvien, cette fois. Ou bien Charles, Carlos, Carlitos. Dans la salle du musée parisien qui accueille sa collection, on pouvait précisément voir cette inscription : M. Wiener.

– Et en plus, ma chère nièce, le curé s'appelle aussi Manuel. C'est sans doute une confusion.

On sait déjà comment finissent les vestiges qui sont accompagnés d'une information confuse ou erronée, ceux qui sont mal catalogués, d'origine bâtarde ou inconnue. Sans contexte archéologique, pas de découverte. En 1885, Florentino Ameghino, le naturaliste argentin de la théorie de l'autochtonisme de l'homme américain, a écrit que "tout objet, aussi bizarre et curieux soit-il, à propos duquel on n'a pas de données exactes relatives à son origine et à l'endroit où il a été trouvé, est dénué d'intérêt et doit être éliminé de toute collection constituée de manière scientifique".

Pauvres *huacos*. Une vraie nazie, la science. Les objets dépourvus de contexte de la collection Wiener, par exemple, sont conservés dans les réserves du musée du quai Branly, ils figurent dans l'inventaire général, mais les visiteurs du musée ne peuvent pas les voir. Depuis que l'archéologie est devenue une science sérieuse, on les cache dans les sous-sols, car en dehors ils font trop de bruit, comme le fantôme d'une momie, comme Juan, ou encore comme mon nom de famille. Où peuvent donc finir les personnes dépourvues d'informations exactes quant à leur origine, quelle fosse commune les accueille en vie ?

– Je n'ai pas d'idée à ce sujet, m'a ce jour-là dit Riviale au téléphone. Je connais l'anecdote relatée dans *Pérou et Bolivie* à propos de cette "adoption", mais j'ignore ce qu'est devenu cet enfant par la suite. Je n'ai jamais eu de contact avec ses descendants directs en France non plus. Moi aussi, j'aimerais trouver un descendant de Wiener, mais je ne sais pas comment les localiser.

Riviale a déjà renié mon existence trois fois. Je suis là, mais il ne veut pas de moi. Je suis déclassée. Erreur d'attribution. Pas nécessairement authentique. Encore un faux exploit. Je suis loin d'être une descendante à sa mesure, utile pour ses livres. Si moi on peut me mettre en doute, l'Indien n'est qu'un personnage littéraire, c'est donc pire encore. "Découvertes imaginaires", c'est ainsi que l'universitaire nomme les fraudes estampillées Wiener. Il n'y a pas d'enfant perdu, ni trouvé, ni inventé, ni effacé. Il n'y a pas de famille qui nie son existence, rien à quoi l'on puisse se raccrocher. Maintenant, c'est moi qui suis perdue. Tel est le bout de la voie sans issue. Il n'y a pas une branche dans cet arbre pour que je puisse me balancer, je ne peux même pas le faire sur le petit arbuste que j'ai planté grâce à l'amour de deux autres personnes, parce que je n'ai pas la main verte, parce que je l'ai arrosé avec de l'acide et il est devenu tout sec et fragile. La certitude de quelque chose comme un nom de famille n'existe pas non plus. Il n'y a rien que l'emploi, arbitraire et obstiné, d'un nom à côté d'un autre, tout aussi arbitraire. Ça ne veut rien dire, et ça veut tout dire. Un ami historien dit que les noms de famille sont une excuse pour explorer le passé. Et moi je suis là, et je sais que dalle.

La prochaine séance de “Décoloniser mon désir” aura lieu dans quelques jours et je suis au lit avec la femme de Barranquilla, je lui lis des poèmes et des récits pour savoir quel est celui qu'elle préfère et lui semble le plus approprié pour être lu dans son atelier. Nous avons déjà énormément parlé de mon arrière-arrière-grand-père *huaquero* et elle m'a parlé de son arrière-arrière-grand-père esclave. Tandis qu'elle me lèche et me caresse de la tête aux pieds, je lui lis un texte que j'ai écrit à propos d'une anecdote qui m'est arrivée avec la grand-mère de Roci.

– Arrête, je veux que tu l'écoutes.

Elle m'avait beaucoup parlé de sa mamie. De cette demeure de son enfance qui a été vendue après la mort du grand-père. De ce quartier bourgeois de Madrid où tout le monde se ressemble. De la manière dont cette femme avait élevé une famille nombreuse, enfants et petits-enfants, avec un même don de soi et une même affection. De son élégance et de sa distinction. Et, bien entendu, de l'écusson franquiste dans son salon, juste à côté de la Vierge. Nous plaisantions beaucoup sur la manière dont cette rencontre pourrait se passer, ce choc de deux mondes, le jour où je ferai la connaissance de sa grand-mère.

Elle était déjà assez âgée, alors nous ne comptions pas donner des explications à propos de nous deux, ou sinon vraiment le minimum. Ce jour-là, c'était son anniversaire et nous étions chez un de ses oncles, il y avait une paella au four et des enfants qui jouaient un peu partout. Je pensais arriver jusqu'à sa grand-mère comme on arrive en pays étranger, en saluant et en essayant de passer inaperçue. J'ai pensé que c'était possible. Parfois, j'oublie qu'ici je ne peux pas me fondre dans le paysage, mais j'essaye de le faire. La situation m'en imposait un peu, avec tous ses oncles qui buvaient de la bière et entonnaient des hymnes militaires. Installées dans la cour autour d'une table, nous étions quelques femmes à tenir compagnie à la matriarche si attachante. On nous avait déjà présentées, le jour festif suivait son cours presque joyeux, et moi avec lui.

Alors, soudain, j'entends sa grand-mère parler, elle est en train de poser des questions à mon sujet, concrètement elle est en train de demander à l'une de ses filles si je "travaille bien". Sa voix passe devant moi, elle me traverse sans me toucher, ce n'est pas à moi qu'elle pose la question, elle le fait à quelqu'un dont la voix compte, quelqu'un qui est en mesure de répondre de moi, ce que je ne peux pas faire moi-même, c'est comme si elle demandait des références à mon sujet. On essaye de lui expliquer qu'elle se trompe, une des tantes de ma copine s'efforce de lui expliquer que je suis l'amie de sa petite-fille, la journaliste qui écrit des trucs. Elle écrit dans *El País*, maman ! s'exclame-t-elle. Mais elle ne comprend pas ce qui se passe, et voilà qu'elle s'adresse à moi pour me demander dans combien de maisons je fais le ménage, car la Paraguayenne qui travaille chez elle va partir en vacances dans son pays à la fin du mois, et elle n'aura plus personne. Alors me vient à l'esprit l'anecdote désopilante que Roci m'avait racontée, cette fête déguisée qui avait eu lieu dans sa famille, et pour laquelle sa grand-mère s'était déguisée en Marie-Antoinette et avait fait se déguiser en servante son aide-soigante. Nous savions que ce ne serait pas facile. Bon, ce n'est quand même pas le chat de la police municipale de Madrid, elle ne m'a pas dit que j'étais "bonne à nourrir les poissons". La pauvre, je suis sûre qu'elle ne voulait pas m'offenser, elle a juste vu que je suis une *sudaca*, une Latino, et pour elle, toutes les *sudacas* font toujours le ménage. Le stéréotype est ainsi. Mais comment la juger. Elle a vécu sous une dictature, elle a été éduquée pour faire plaisir aux autres, dans l'ombre de son mari, dans un monde masculin, se reproduisant tant que le corps peut le supporter, dans une société ultra-catholique et castratrice pour les femmes. Pas moi. Je me souviens de ma propre grand-mère Victoria, qui était originaire des Andes et très raciste, elle se haïssait elle-même comme tant de *cholos*, elle cachait ses origines andines, car andin, ça voulait dire pauvre et exploité, elle ne voulait pas être comme sa mère, Josefina. Pour ne pas être discriminé, là-bas, il faut changer de camp, il faut être avec ceux qui discriminent. Elle parlait des *cholos* avec mépris, et, même si elle n'a pas fait le ménage chez des gens, elle a été ouvrière, pauvre, et elle s'est battue pour cesser de l'être. Ç'aurait été drôle de les mettre ensemble. Des femmes, au bout du compte, comme moi, comme elle, tellement différentes.

J'essaye de rire, de faire semblant, durant quelques secondes, que le malentendu ne m'a pas blessée. Partager avec les autres femmes présentes des regards complices sur ces vieilles générations de dames espagnoles qui vivaient dans un bocal et n'en sortaient jamais, ces femmes qui laisseront, quand elles partiront, le meilleur et le pire de leur monde, qui est aussi en train d'agoniser. J'aurais aimé l'écouter, sourire, hocher la tête, la prendre par la main, dire quelque chose d'amusant et engranger cette anecdote avec d'autres, comme celle où on m'a prise pour la baby-sitter de ma propre fille dans un parc, à Barcelone, ou alors lorsqu'un homme dans une pharmacie de Lima m'a dit qu'il fallait que l'on aille chez lui car ils avaient "besoin d'une bonne". Puis raconter l'anecdote, au milieu de rires, à nos amis. Ne plus oublier le jour où j'ai fait la connaissance de sa mamie qui a voulu me prendre chez elle. Puis voilà.

Mais cette fois-là je n'y arrive pas, je reste muette, je quitte discrètement la table puis je vais aux toilettes car j'ai la poitrine pleine de quelque chose, comme un bruit colossal, et là, je sanglote. Je suis moins fâchée contre sa mamie que contre moi-même, du fait de sentir encore cette blessure-là. Celle de ma grand-mère Vicki et celle de tant d'autres, à l'intersection d'autres douleurs dans un corps comme le mien. Pourquoi je pleure ? Qu'est-ce qui m'offense ? Parce que moi, je suis allée à l'université ? Parce que je n'ai pas voulu être Victoria, qui elle-même n'a pas voulu être Josefina ? Parce que, moi aussi, je considère qu'être une employée de maison, c'est être moins qu'une journaliste qui écrit dans *El País* ? Parce que cela me rappelle que je suis racisée, cette race qui a toujours été et sera toujours la mesure de moi-même ? Parce que ça me fait mal qu'ils me mettent de nouveau, entière, dans cette case qu'il y a dans leurs têtes. Parce que je suis Victoria, et en même temps je ne le suis pas.

Je pense aux Esquimaux qui arrivent à percevoir jusqu'à vingt tonalités de blanc, alors que nous, nous sommes toujours incapables de voir les nuances. Nous vivons avec cet autre que nous préférons ne pas connaître, celui qui est stéréotypé, nié, enfermé et déporté.

L'Espagne, c'est cette mamie.

Alors sa petite-fille arrive, elle qui est aussi blanche et espagnole que sa grand-mère, mais qui est différente, elle entre dans les toilettes où je suis en train de pleurer, elle me voit, soulève mon tee-shirt et embrasse mes tétons noirs, non pas pour me légitimer, mais pour que j'arrête de pleurer. C'est ce que je fais, avant de retourner en terre étrangère.

– Ça s'arrête là.

– J'adore.

– Bon, il n'y a pas toute la dimension sexo-politique que tu aimerais. Je voudrais écrire un jour un poème ayant pour titre “Panchilandia”… Je ne sais pas ce qu'il y aura dedans, mais je veux qu'il ait ce titre. Tu sais pourquoi on nous appelle *panchitos* en Espagne ?

– À cause des grains de maïs grillé. On les appelle *panchitos*.

– Oui, au Pérou on appelle ce maïs-là *canchita*.

– Car nous sommes comme des petites boules grillées et salées.

– Je ne connaissais pas l'expression. Mais une fois, quand nous sommes arrivés en Espagne avec Jaime, j'ai entendu “Voilà les *panchitos* que débarquent”, alors je me suis renseignée.

J’aime parler de tout ça avec elle. La femme de Barranquilla est arrivée à Madrid quand elle avait huit ans. Quand elle en avait dix, les garçons de son école, dans le quartier Pedro Rico, ont écrit sur sa porte : “Conguito.” Elle ne l’a pas effacé. Un des vandales était le fils d’un joueur du Real Madrid. Un autre jour, ils se sont postés sous sa fenêtre et ils lui ont chanté la chanson de la publicité des “Conguitos”, ces petites boules enrobées de chocolat. Puis, il y a eu “putain de *sudaca*”. Elle me bouleversait. Mon désir pour Lucre est une cicatrice jumelle. Moi, les garçons me chantaient “La negra Tomasa”. Elle monte sur moi, colle son pubis au mien, elle se penche pour sentir mon odeur, nos seins noirs se chevauchent, couverts de sueur, elle me dit que c’est bon, que mon texte est parfait.

– J’adore, la grand-mère c’est l’Espagne et toi tu baises sa petite-fille. Et maintenant tu te tapes la Grande Colombie.

Nous rions. Mais à l’intérieur, je ne ris pas tant que ça. Dans un moment, il faudra que je rentre à la maison et que je “gère” tout ça. “Gère, Gabi, gère”, Lucre rit de mon bordel. Comme si je pouvais sortir, comme mon père, un œil malade de mon chapeau de magicien. Ce n’est pas nécessaire. À présent, elle me lit un poème qu’elle a écrit à propos de ces garçons latinos qui sont morts percutés par un train à Castelldefels alors qu’ils essayaient de traverser les voies à un endroit non autorisé. Ils voulaient faire la fête sur la plage, pour la Saint-Jean, qui marque le début du solstice d’été. Comme nous aimons cette fête étrangère, en plein mois de juin. Elle ressemble tellement à notre fin d’année torride, sur la plage. C’étaient tous des adolescents, des enfants de Latino-Américains venus en Espagne pour s’occuper des autres ou construire des immeubles. Des adolescents qui passent leur vie seuls à la maison car leurs mères et leurs pères sont en train de garder les enfants des autres. Mais ce soir-là ils sortaient, ils envoyaient valser l'abandon, ils enfonçaient un pétard plein de lumière dans le cul du système, rien que pour une nuit ils mettaient le feu aux statues en carton-pâte de leurs haines. Je lui dis que ça me donne envie de pleurer. Cette maudite plage ressemble tellement aux côtes du Pacifique. Moi aussi, j'y allais souvent, quand j'habitais à Barcelone, attirée par l'horizon se perdant dans l'infini et la grande étendue de sable. Dans son poème, l'accident est la métaphore exacte de la migration : des gens essayent de traverser et meurent, sans parvenir à rejoindre l'autre côté. C'était un poème avec cette litanie : "Latinos, imprudents, téméraires, insensés, inciviques, inconscients latinos." C'est ce que leur ont lancé les gens, les hommes politiques, les journaux.

– Tu sais ce que m'a dit un de mes amis péruviens qui vivait déjà en Espagne la première fois où il m'a accompagnée pour prendre le métro ?

– Qu'est-ce qu'il t'a dit ?

– Il m'a dit, Gabriela, tu t'es rendu compte qu'on leur fait peur ? Et moi, qui n'avais pas fait attention, qui ne connaissais que le regard de mépris de la blanchité de mon pays, j'ai regardé pour la première fois les visages des hommes et des femmes espagnols qui étaient autour de moi, et j'ai dû reconnaître qu'il avait raison. J'ai vu qu'ils serraient discrètement leurs sacs. Que le bruit que nous faisions les dérangeait un peu. Et cette simple découverte m'a remplie d'un petit pouvoir inattendu.

Moi, je n'avais pas à traverser les voies du train, j'étais déjà à l'intérieur de l'un d'eux, mais tant que nous voyagerions ensemble, j'allais leur faire peur, très peur.

– Comment c'est possible que le plaisir qui résulte de la rencontre de nos corporalités nous ait été occulté par le système, le consolidant dans notre imaginaire comme un désir inexistant et nié ?

Lucre parle comme ça, en un jour normal et ensoleillé, je le jure, elle tire une taffe de sa clope, elle m'embrasse tout en riant de manière étrange, et elle insiste pour que je lise mon texte sur la grand-mère ou que j'écrive "Panchilandia". Elle attire mon visage vers ses dents et déclare qu'elle doit me bouffer tout de suite, encore une fois, s'il te plaît. Je m'efforce de ne pas penser à Jaime ou à Roci, tandis que cette voix résonne dans ma tête : toi la Latine, l'insensée, l'incivique, l'inconsciente, qu'est-ce que tu vas faire, tu es en train de traverser la voie là où il ne faut pas, quelle imprudence, et le train lancé à 150 kilomètres à l'heure va bientôt débouler. Elle se met derrière moi, en bougeant lentement pour avoir un rythme constant et, chaque fois plus fort, elle me pénètre par-devant et par-derrière, avec les doigts, puis avec l'os froid de verre, profond, continue, rapide, la chaleur se répand, tout brûle, je gémis de plaisir, je serre les yeux, je mouille sa main, et elle se contente de dire, ben ça y est, tu es décolonisée.

Jusqu'ici, tu n'as été pour moi que l'enfant de cette horrible scène durant laquelle tu as été acheté contre quelques pièces puis emmené en Europe à des fins scientifiques. Charles t'a utilisé pour apparaître comme un sauveur. Plus encore, il se peut qu'il t'ait inventé. Moi, je t'ai transformé en un symbole dans lequel je veux me reconnaître davantage que dans mon propre ancêtre. Je t'ai aussi vidé de ta substance. J'ai fait de toi une idée, une pièce de chair et d'os dans mon récit.

Le vol d'enfants que nous connaissons à présent commence avec des enfants comme toi, c'est un des sports coloniaux par excellence. En Australie, le gouvernement a volé à leurs familles toute une génération d'enfants aborigènes. Au moins, il y a quelques années, ils ont demandé pardon. Ici, en Espagne, là où je vis, le franquisme a volé des milliers d'enfants enlevés à leurs mères républicaines, prisonnières ou assassinées. Mais personne n'a demandé pardon pour cela.

Devrais-je t'appeler arrière-grand-père ou bien oncle Juan ? Pour moi, tu es une étrangeté, une autre manière de nous chercher nous-mêmes dans les décharges du Vieux Monde, où toi et moi, nous avons atterri. Ne me demande pas pourquoi.

Mais, qui as-tu été, en vérité ? Où as-tu vécu ? As-tu eu une descendance ? Est-ce que tes enfants ont été des *cholos*, ce mélange d'Indien et de Blanc si commun chez la plupart des Péruviens ? Ton ravisseur, un homme de son temps, adorait ces classements ethniques. Dans son livre, il écrit à propos de toutes les combinaisons possibles et les accompagne d'images. Je me souviens du quarteron, qui n'a que vingt-cinq pour cent de sang noir ou du requinteron, avec douze et demi pour cent. Quel est le pourcentage exact des races dans mon sang, quels sont mes degrés de pureté ?

T'es-tu servi du nom de Wiener ? Tu as peut-être été un autre Wiener incertain. Un jour, tu t'es réveillé à Paris et tu t'es habillé comme ces gens, tu es sorti avec ta tête de portrait *huaco*, comme ma tête à moi, pour marcher sur les ponts de la Seine, comme si tu étais mon jumeau égaré dans le temps. C'est de là que tu as vu naître le XXe siècle, ce siècle où les Blancs européens ont tué d'autres Blancs européens car ils n'étaient pas assez blancs, et, enfin, le génocide a été appelé génocide. Que pouvais-tu attendre pour toi ?

Je veux te retrouver, mais en réalité je ne le veux pas. Je crains que toute apparition du Juan réel ne tue le Juan symbolique, pour faire de moi, de nouveau, une orpheline.

C'est l'heure où je parle avec ma mère, quand il n'y a personne à la maison et que ma fille n'est pas encore revenue de l'école, le moment où, au Pérou, ma mère se réveille et où je cesse d'écrire des articles pour faire frire du poulet. J'installe l'ordinateur sur la table de la cuisine et j'attends que son visage apparaisse, désireux d'avoir des nouvelles. J'aimerais mieux ne pas le faire maintenant vu que je ne sais pas quoi faire de ma vie, car cette femme a le don de sentir le sang. Même quand elle est très loin. Et je ne veux pas qu'elle me fasse la morale, pas plus qu'elle ne s'angoisse pour moi. Mais si je disparais, elle sent aussi qu'il se passe quelque chose, et elle envoie ces petits messages suspicieux où elle se contente de dire "Gabriela, tu m'inquiètes". Qu'elle ne s'attende pas à ce que je lui raconte une quelconque vérité sur ma vie ! Je ne vais pas lui dire que ma relation à trois prend l'eau. Je ne vais pas lui parler de ma jalousie, de mes mensonges, je ne vais pas lui dire que j'essaye de guérir une vieille blessure en couchant avec une femme comme moi. Mais elle prétendra tout savoir avant même que je n'ouvre la bouche.

Elle avait ces idées de mère vieux jeu, elle voulait ce qu'il y avait de mieux pour moi, que je fasse des études à l'étranger, que je migre pour aller dans un endroit meilleur. Maintenant elle doit supporter de parler avec moi de sujets importants par visio, pendant que je prépare le repas. Par exemple, de l'enfant adopté par Charles

Wiener et de mon nom de famille incertain. Et elle le fait à sa manière.

– Bon, Gabriela. Essaye de te connecter spirituellement avec ton arrière-arrière-grand-père et parle-lui, fais-lui part de tes doutes, de ta rage, de ce que tu ressens. Moi, je le fais avec papa, tous les jours. Je reste des heures entières à regarder le portrait qu'on a peint de lui et je lui dis ses quatre vérités, après quoi je lui pardonne et finis même par embrasser son visage peint à l'huile.

– Maman, toi qui crois à toutes sortes de choses, tu devrais dire à Carlos qu'il te tire les cartes, pose-lui des questions sur le deuil de papa. Il est très drôle.

Carlos était le plus jeune ami de mon père et aussi son disciple. Le marxisme léninisme qu'il lui a inoculé n'est pas venu à bout de son penchant pour les sciences occultes. Il a lu les cartes à mon père pour la première fois quelques heures avant de mourir. Dans son lit d'hôpital, qu'est-ce que ça pouvait faire de tomber un moment entre les mains des supercheries du capitalisme aliénant. Carlos m'a raconté qu'en entendant l'interprétation des cartes qu'il avait tirées, papa a fait avec sa bouche ce pppfff dont il avait l'habitude dès qu'on abordait un sujet dont il se foutait royalement. En fait, le tarot lui annonçait qu'il allait mourir. Il est mort athée, ne croyant en rien, au-delà de la révolution. Même pas à la mort.

– Je sais pas, j'ai pas besoin de tarot… Tu fais quoi en ce moment, ma chérie ?

Elle s'est déjà rendu compte que j'essaye de prendre la tangente et elle est anxieuse. La meilleure manière de contre-attaquer, c'est de lui répondre avec une question qui la concerne. En général, quand je me retrouve avec elle dans ce type de situation, je dis que le riz est en train de coller, que je l'appellerai plus tard. Mais pas cette fois, cette fois je continue. Je badigeonne un autre blanc de poulet avec de l'œuf, je le passe par la chapelure, je le jette dans la poêle et de l'huile bouillante éclabousse ma main. Je lance un juron et ma mère me réprimande, elle est persuadée que si je dis des gros mots, j'empoisonne mon âme.

– Maman, tu savais que papa, à une période, a utilisé un bandeau sur l'œil ?

Au début, ma mère ne sait pas de quoi je parle, mais très vite elle comprend où je veux en venir. Au fil des ans, nous avons parlé à plusieurs reprises de l'infidélité et de la double vie de mon père, toujours de manière douloureuse, incomplète, vague, entre des réponses évasives et des silences qui en disent long. À une époque, j'ai voulu courir pour le lui dire, pendant des années, je me suis sentie coupable de ne pas avoir été plus explicite. Finalement, il n'a jamais été nécessaire que je lui demande à quel point elle avait été dupe, jusqu'où elle avait dû faire comme si de rien n'était, ce qu'elle avait accepté, au juste. Elle sait que je sais. Je sais qu'elle sait. C'est comme ça que nous avons survécu à la vie et à la mort. Quand je lui raconte l'histoire du bandeau, elle ne peut éviter de sourire en pensant à ce que l'anecdote a d'idiot. Ah, ton père, pauvre homme ! murmure-t-elle. Je ne crois pas qu'elle ignore la signification profonde de tout cela. Je le dis, mais immédiatement j'ai envie de me taire à tout jamais, de plonger mes mains dans les pixels pour sortir ma mère de l'endroit où je l'ai fourrée, la faire apparaître dans cette cuisine pour embrasser ses jambes et lui demander pardon pour avoir brisé sa paix.

– Ma fille, j'espère que ta sœur et toi me pardonnerez un jour de ne pas avoir pu quitter votre père malgré la tromperie. C'est peut-être ce que vous avez toujours attendu de moi, et je vous ai déçues.

Elle prononce ces mots, mais elle voit le désespoir dans mes yeux. Comment est-ce possible que tu demandes pardon, toi, maman. Qu'est-ce que tu dis. Et elle s'empresse d'ajouter, avec sa manie habituelle de me protéger et de ne pas me laisser tomber, même lorsque j'ai projeté ma propre chute, de ne pas m'inquiéter, qu'elle n'est pas affectée par ce que j'ai dit, elle n'est pas en train de pleurer et elle ne pleurera pas. Tout au plus, elle se disputera une nouvelle fois avec le portrait à l'huile de mon père au fond du couloir, et sans doute qu'un jour elle finira par lui pardonner. Je retourne les filets de poulet, aller-retour dans la poêle, pour qu'elle ne voie pas mon visage.

– Je prie pour que toi aussi tu trouves la meilleure manière d'aimer et d'être aimée. Je vais mettre mon morceau de Loreena McKennitt, ça va me plonger en état de Minerve.

– Tu veux dire de nirvana.

– Non, non, de Minerve. Gabriela, prends soin de toi, tu t'exposes trop. À bientôt, ma fille.

S'il y a quelque chose que nous avons eu raison de faire, c'est d'avoir loué ce local gris et industriel pour en faire une maison. Ça ne faisait pas longtemps que nous étions trois, mais nous avions déjà l'intuition que dans un petit appartement madrilène, notre foutoir n'en aurait pas pour longtemps. Le caractère habitable de cet espace est relatif, il manque beaucoup de choses pour que ce lieu soit pleinement une maison, mais il y a le principal, l'espace pour prendre le large quand il le faut, par exemple. Quatre pièces, un sous-sol, une cour, dans les moments de crise, cela nous a permis de respirer. Et ce lieu nous coûte 500 euros par mois, une somme que nous pouvons payer tous les trois sans avoir besoin de nous tuer à la tâche. Dans quelques recoins, des araignées tissent leur toile et, une fois, nous avons eu une souris. Nous travaillons et dormons entre ces murs de ciment hauts et rugueux. Nulle part ailleurs, nous n'aurions pu trouver une place pour l'immense lit de presque trois mètres. Pas plus que pour le couple hétérosexuel que nous formons Jaime et moi, depuis vingt ans, parents d'une petite fille. Ou pour le plus récent couple lesbien que je forme avec Roci. Ni pour la relation, étrange et sans nom, qui lie Jaime à Roci. Ni pour le trio. Ni pour les fantasmes. Ni pour les rêves. Ni pour les enfers individuels, ou collectifs. Tout cela existe en même temps, en grande partie, grâce à ce lieu.

Jaime et moi sommes installés devant la longue table en bois du salon, chacun à l'une de ses extrémités, nous rédigeons des articles pour la presse, qu'on nous paiera tard, et mal. La lumière de la cour s'immisce par la vitre de la porte. Au fond, il y a le bleu du ciel de Madrid, et je dis merci de ne pas être en train de regarder le ciel toujours plus gris de Lima, avec ses bruines insistantes. Je vois notre lapin mordiller une carotte tout près de ses crottes.

Roci vient de claquer la porte de bon matin. La nuit a débuté avec une question que j'ai posée, pas innocente du tout, à propos de son désir pour quelqu'un. Ce qui l'a conduite à formuler une réponse crue sur le contrôle que j'exerce sans cesse, avant que n'éclate une pluie de reproches mutuels, incluant des références à mes dernières amours en dehors du trio, ce qui a donné lieu à une débauche de mots blessants, ceux qui ouvrent des plaies et arrachent des souffrances. Le pack habituel. Nous avons sorti les momies de l'armoire et il n'y a pas moyen de les y remettre.

Nous traversons la nuit, éveillées, dans un coin du sous-sol pour ne pas être entendues, moi, à pleurer, elle, anxieuse, comme durant des centaines d'autres nuits semblables, passées à vouloir en même temps la quitter pour toujours et lui faire l'amour, là, tout de suite. Et elle qui me crie que, comme ça, j'obtiens le contraire de ce que je désire. Elle est aussi rationnelle dans l'amour que dans le conflit. Moi, je désire seulement qu'elle me touche et qu'elle sèche mes larmes. Ce n'est pas sa faute si elle l'ignore. Comme j'aurais aimé que ma petite amie soit dacryphile, cette perversion où on est excité par les larmes, qu'elle n'atteigne l'orgasme rien qu'en me voyant pleurer à cause d'elle. Elle serait multi-orgasmique. Mais mon travers remonte à plus loin que son inappétence.

Je souffre de ne pas être désirée sexuellement en retour. Le désir non satisfait est exténuant, il me fait souffrir plus que tout. J'ai besoin d'énormément de sexe pour oublier à quel point je m'aime peu, à quel point j'ai été peu aimée.

Mais c'est un serpent qui se mord la queue, l'excès d'entrain, de sollicitation, cette nécessité d'être consolée grâce au sexe, ça n'érotise personne en fait, ça effraie, plutôt. J'ai fouillé, bien malgré moi, dans mon propre traumatisme, et je crois qu'il vient de cette époque où j'ai décidé que le sexe serait ma manière de résister, mon pouvoir, la seule chose à moi, ce qui allait remplacer l'amour propre ou celui d'autrui, mais surtout, le manque ; c'est pour ça que je suis incapable de me battre face au refus de mon corps nu, accablé et plein de désir.

Dans un élan de vengeance, j'ai couru dans les bras de Jaime, mon mari pauvre, poète et *cholo*, comme moi. Il sait ce qu'on éprouve quand on ne possède rien. Dans la douleur aussi, je me trafique moi-même. J'ai recours à l'utilitarisme de la bigamie. Cette nuit non plus, il ne va pas me baiser, mais j'ai moins froid qu'en dormant avec Roci. Elle revient vers moi, elle exige que je retourne à ma peine, que je me retrouve une nouvelle fois face au plafond et à son dos toute la nuit, à ses côtés. Mais non, elle finit par m'enlacer, son petit corps osseux m'accueille avec tendresse jusqu'à ce que j'épuise mes intentions, je renonce, je m'endors.

Nous venons d'un monde où nous n'avons rien. C'est pour ça que nous voulons vivre un instant dans le monde opposé, celui où l'on possède tout. Un monde où on nous invite à danser en premier. Où nous avons deux maris et deux amants. Je n'arrive toujours pas à cesser de me déprécier, je n'oublie pas les regards cruels, ni les regards condescendants. J'étais si jolie sans le savoir, mais on m'a enlaidie, on a fait de moi un monstre irréversible. Maintenant, tu vas voir ce qu'est la peur, la peur de l'abandon transformée en arme de jet. Est-ce qu'on transmet les formes du désir et de l'amour ? Est-ce que "l'abandon originel", celui infligé par Charles à María

Rodríguez, opère dans l'ombre de mon lignage ? Et celui infligé par mon père, ces cinquante pour cent de lui qu'il nous a consacrés ? Je veux parler avec ma mère, qu'elle me raconte toute sa vie sexuelle, comme on raconte à l'autre une maladie qu'on a en commun. Combien d'abandons portons-nous dans nos cellules ? Quelle est la portion de cette jalousie qui est activée comme bouclier protecteur ?

Sudacas jalouses et possessives, excessives, collantes, méprisées, cabossées, victimisées. En plein délire, entre la télénovela et les boléros romantiques.

Je suis, probablement, la seule personne de cette maison à avoir couché avec quelqu'un d'autre et la seule à douter des autres de manière pathologique. Serait-ce cynique d'admettre que j'aimerais être celle qui ne baise pas mais qui fait confiance ?

Le jour se lève, sans fracas. Et, peu à peu, la routine s'impose sur le silence, jusqu'à ce qu'elle claque la porte. La poussière se soulève de quelques mètres au-dessus du sol, avant de retomber. Jaime me regarde sans un mot, il est à l'autre bout de notre table de travail. Avant, mes pleurs lui étaient adressés, c'était lui qui venait à mon secours pour me sortir de ces nuits interminables durant lesquelles j'arrivais, seule, à la conclusion qu'il était impossible de m'aimer et de me désirer, car je demandais systématiquement ce que l'on ne doit jamais demander : plus, toujours plus ; il sait que ma tête de grenouille déformée signifie que j'ai refait cette même scène, que j'ai effrayé Roci avec toute ma merde. Nous tapons énergiquement sur nos claviers pour couvrir ce silence tendu qui s'est installé après son départ. Je lui pose une question. Il répond à l'aide de monosyllabes. Il me demande un livre, je le fais glisser sur la table jusqu'à lui. Cela fait plusieurs heures que nous nous évitons, que nous nous regardons du coin de l'œil, quand l'autre n'y prête pas attention. Mon téléphone sonne. C'est Roci. Elle est en train de pleurer, ou quelque chose comme ça.

– Gabi, je suis avec Paula, j'ai acheté un test de grossesse, nous sommes entrées dans un bar, et c'est positif.

Je lui dis viens, rien d'autre que viens, s'il te plaît, tout de suite. Je le dis à Jaime, dans un balbutiement. Nous nous prenons dans les bras sans parvenir à faire pleinement autre chose en même temps, ni parler, ni respirer, ni réfréner nos larmes, ni avoir une crise de nerfs. L'euphorie nous atteint suffisamment pour que nous attendions Roci ensemble, pour la faire sauter en l'air, pour le raconter ensuite à notre fille dans une explosion d'allégresse et, plus tard, pour nous laisser tomber tous les trois dans le lit géant, avant de rester immobiles, durant des heures, dans une joie diaphane, la première joie durant tous ces mois, depuis la mort de papa, rien qu'à imaginer la force pleine et féroce de notre lien ; nous étions enlacés, comme si depuis le centre de nos draps un ouragan allait germer, un tourbillon ou un bébé, pour nous attirer à l'intérieur, avant de nous en expulser, avec force, nous happant pour nous lâcher aussitôt, les yeux rivés au plafond, posés à un endroit qui n'était plus tellement loin. Quelque chose a germé en dehors de l'arbre.

Tout au début, alors que nous nous connaissions depuis peu de temps, j'ai écrit à Roci un poème dystopique, dans lequel j'étais prisonnière dans un camp de concentration. Cela faisait longtemps qu'elle en était sortie, alors elle m'aidait à le quitter à mon tour, après quoi nous vivions heureuses. Roci m'a répondu avec un autre poème qui disait qu'un prisonnier et un tyran, c'est la même chose, que l'un et l'autre lui inspiraient la même aversion. Et que c'était la seule chose qui l'aidait à ne pas devenir folle.

Ma chère et insolente fille,

Tu m'as demandé l'autre jour certaines choses à mon sujet, car tu croyais qu'elles pouvaient t'aider à te comprendre un peu toi-même. Tu voulais savoir comment j'avais vécu ma sexualité et mes relations amoureuses. Je me suis dit que le mieux était de t'écrire une lettre. Je suis ton cobaye. Penser à t'expliquer ma vie sexuelle, c'est comme espérer atteindre le plus intime en creusant avec une petite cuillère. Je crois que la sexualité ne peut pas se comprendre si on la coupe des autres dimensions de la vie. Et j'aime l'envisager avec subtilité, ce doit être parce que dernièrement j'ai vu beaucoup de films chinois, j'aime quand il y a une connexion intime entre deux personnes, je n'imagine pas trois ou quatre. Bon, j'espère que cela te sera utile, car, comme tu le sais, éviter la douleur de ceux que nous aimons constitue la limite de nos actions.

Ma première fois, ça a été avec un homme qui, deux ans et demi plus tard, allait devenir mon mari, aussi bien à la mairie qu'à l'église. Des années après, un ami m'a reproché d'avoir fait ce mariage religieux, à une époque où j'étais déjà une militante marxiste et athée. Cela n'a pas été la seule incohérence de ma vie.

Ton père et moi nous sommes rencontrés dans un contexte militant, nous étions unis par des idéaux de changement et de révolutions, nous nous sommes d'abord inscrits dans la mouvance cubaine, puis guévariste, et par la suite antistalinienne et trotskiste. Nous parlions et nous marchions beaucoup. Moi, j'étais amoureuse de cet esprit qui connaissait toutes les guerres qui avaient eu lieu et celles à venir, qui aspirait à changer le monde, qui écrivait sur tous les sujets, mais qui ne parlait pas de ses sentiments, ni de sujets qui touchaient à la famille, qui avait des yeux joyeux. Je suis tombée follement amoureuse de lui et une fois terminées les réunions politiques, qui n'étaient que discussions ferventes, nous prenions la fuite pour nous prendre par la main, fumer la même cigarette, nous prendre dans les bras, nous embrasser. Toutes nos hormones en ébullition, nous l'avons fait pour la première fois sur une plage où je me souviens qu'il y avait quelques arbustes verts, entre le sable et la mer. Nous nous sommes donnés l'un à l'autre pleinement, ça a été une rencontre merveilleuse. C'est comme ça que j'ai peu à peu découvert mon désir sexuel, la capacité que j'avais d'atteindre chaque fois plus d'orgasmes, ce qui était ma fierté, et la capacité qu'avait mon partenaire de me rendre heureuse sexuellement. Je ne lui ai jamais demandé s'il avait connu d'autres femmes avant moi, ça ne m'intéressait pas de le savoir. La première fois où nous avons fait l'amour, il y a eu du sang, ce n'était pas le mien mais le sien ; une partie de la membrane de son prépuce s'était détachée. Je me moquais de lui, je lui disais que je lui avais pris sa virginité. Quelques mois après cette rencontre, dans un local où nous organisions des réunions – car nous n'avions pas encore loué ce qui allait devenir notre chambre d'amour –, nous avons fait l'amour avec passion, et là, c'est moi qui ai saigné. Nous ne savions pas si nous l'avions fait correctement.

Durant les cinquante-cinq ans où nous avons été ensemble, le sexe entre nous a toujours été fougueux. Lorsque le feu s'éteignait, il y avait toujours une crise qui donnait lieu à une réconciliation et le sexe revenait en force. Le sexe a été un élément essentiel dans notre relation de couple. J'ai tout appris avec lui. Cela a été une passion sans limites, nous nous sommes aimés dans un fossé, dans un couloir, dans une chambre commune, dans un campement de camarades (mais pas les uns avec les autres), dans des toilettes, en prison, quand j'étais enceinte de toi. Je lui laissais des petits mots où j'écrivais "Crazy of love for you" un peu partout, pour lui rappeler que je l'aimais.

Durant mes grossesses, j'ai découvert ma dimension animale. Mes filles passaient avant tout, et ce sentiment était aussi puissant que le sexe. Dans l'allaitement j'ai découvert un autre type de plaisir, proche de l'orgasme. Le sexe est passé au second plan et les doutes sont venus en même temps, la jalousie, celle qu'il m'inspirait. Toute l'éducation traditionnelle que j'avais reçue est alors revenue, j'étais allée dans une école religieuse où les bonnes sœurs arrachaient des livres de biologie les pages qui touchaient au corps humain. Quand j'étais enfant, je pensais que je pouvais tomber enceinte si quelqu'un me prenait dans les bras. Enfant, une fois, j'avais mis une perruche dans ma culotte, l'oiseau m'avait chatouillée, c'était agréable. Mais les bonnes sœurs ont bien effectué leur travail et je ne m'étais jamais masturbée avant de devenir veuve.

Pour revenir au sujet, j'étais mère et je ne me trouvais plus jolie, j'avais grossi, je me suis mise à être davantage en demande sexuelle que lui.

Nous pouvions arriver exténués à la maison, mais le sexe était toujours une force régénératrice d'énergie ; nous pouvions être fâchés et las, pourtant nos regards, nos corps, s'aimaient malgré la colère ou la fatigue, la tristesse ou l'accablement. Tout restait derrière nous quand nous mettions à nu nos âmes, les carences et les peines qu'il fallait dépasser et soulager ; alors le sexe était sentiment, tendresse et plénitude, mes yeux se remplissaient de larmes, c'était vraiment magique et spirituel à la fois.

Depuis le début de notre relation amoureuse, je soutenais que nous n'appartenions à personne, que les relations entre hommes et femmes reposent toujours sur l'attirance, que nous devions être honnêtes et nous raconter nos rencontres amoureuses. Il y a eu une époque où moi je lui racontais mes brèves aventures amoureuses et lui, il me disait qu'il y avait quelqu'un qui l'attirait. Durant mes voyages professionnels, j'ai connu des hommes intéressants, mais rien d'extraordinaire, rien qui puisse remplacer "mon" homme, une autre incohérence. J'ai eu des relations en dehors du mariage avec quatre hommes, entre mes quarante et mes cinquante ans. Ton père me parlait de femmes qui voulaient être avec lui, il me disait qu'il commençait à s'attacher. Une de ces femmes est devenue "l'autre", moi j'étais devenue "l'amante-épouse", alors les crises ont commencé, les séparations temporaires, la méfiance de part et d'autre, les doutes, les pleurs, puis les réconciliations.

Oui, j'ai pleuré en voyant le dos de mon mari endormi, insensible au besoin qu'avait mon corps d'être enlacé, de faire l'amour. J'ai pleuré comme une adolescente quand mon amant ne m'appelait pas ou qu'une de nos rencontres n'aboutissait pas sexuellement. J'ai pleuré en atteignant un orgasme fabuleux. C'était l'époque des sauts hormonaux de la quarantaine.

Je ne peux pas dire qu'il me soit arrivé de cesser de l'aimer. Si une autre personne me trottait dans la tête au point de m'empêcher de dormir, je pensais que c'était mon droit de sentir, de vivre, d'essayer, mais je me disais à moi-même : je suis comme doña Juana, certes, ces hommes me plaisent, mais "mon homme", c'est toujours lui. Je ne lui ai jamais parlé de ces relations et lui ne m'a jamais demandé si je m'étais conduite comme lui. Je n'ai jamais accepté qu'il ait deux femmes, il m'avait juré que c'était terminé.

Si ce que nous avons vécu était un livre, pour moi, la fin devrait être celle de deux femmes qui avons aimé le même homme, qui sont devenues veuves en même temps, et qui, le jour de sa mort, sont tombées dans les bras l'une de l'autre, dans une étreinte forte et sincère, avec des larmes d'affliction vraie, car c'est ce qui a refermé le chapitre des temps partagés, des mensonges faits pour ne blesser ni l'une ni l'autre, de la jalousie, de la double intendance, des moments de bonheur toujours vécus à moitié, de la maladie puis de la mort.

À une époque, j'ai été jalouse, j'ai souffert, j'ai proféré des insultes, j'ai pleuré, mais je me suis demandé, qu'est-ce que je veux, et je me suis répondu à moi-même je l'aime, je l'aime, absolument. Et j'ai vraiment pardonné, j'ai aimé sa fille comme si c'était la mienne, et j'ai enfoui la douleur que cette infidélité avait signifiée pour mes filles adorées. Je me suis toujours dit, je suis une femme, j'ai deux filles, je n'aimerais pas qu'elles soient trompées, que la lumière et la joie d'être aimées et de se sentir uniques s'éteigne pour elles.

Nous avons vécu un drame, nous avons su porter ce fardeau, mais il nous a rendu plus humains. Et je ne pouvais pas jeter la première pierre. Je défends le droit que nous avons de tomber amoureuses, celui de vivre avec la personne qui nous rend heureuses sexuellement, celle avec laquelle nous pouvons rire et pleurer, avec qui nous pouvons être transparentes, en laquelle nous pouvons avoir confiance, sans avoir à donner d'explications. Crazy of love for you.

Fin de la confession de la mère qui t'a mise au monde.

Je t'aime, ma fille.

Les deux femmes de mon père se sont vues pour la première fois dans la chambre d'hôpital dans laquelle il allait mourir. La maîtresse qui voulait être l'épouse et l'épouse qui voulait être la maîtresse. Elles ont respecté leurs espaces et leurs temps respectifs au moment des adieux, comme elles l'avaient fait tout au long de leur vie. Elles sont restées sur la réserve quand le moment est venu. Et elles ont veillé dignement le cercueil, entourées par la gauche radicale et la gauche caviar. Elles n'ont pas fait semblant. Elles ont surmonté la tragédie. Elles ont balayé et ramassé les restes de la fête d'un autre. Elles ont enterré le bandeau avec le reste de son trousseau funéraire. Puis elles sont parties, chacune de leur côté.

Post sur le groupe de la famille Wiener

Chères et chers. Il se peut, il se peut seulement, malgré ce que nous avons entendu tout au long de notre vie, que nous ne soyons pas les descendants de Charles Wiener. Il est fortement probable que nous le soyons, mais il est toutefois possible d'en douter. Ce qui est absolument certain, c'est que nous descendons de María Rodríguez, cette femme dont nous ne savons rien. Je suis sûre que l'un ou l'une d'entre nous suivra un jour sa trace et que nous pourrons l'intégrer dans la mémoire familiale, encore incomplète. J'ai effectué quelques recherches et il n'y a pas non plus d'information ni de documents officiels à propos de la descendance de Charles, mais je ne doute pas qu'il ait pu planter sa graine dans chaque pays dans lequel il a travaillé comme diplomate, du Mexique au Brésil. De fait, il y a une autre Gabriela Wiener qui est une architecte mexicaine. Nous sommes amies sur Facebook et nous nous souhaitons l'une à l'autre un bon anniversaire. Saviez-vous que le nom de famille de ma fille est Rodríguez Wiener ? Le nom de famille de son père est Rodríguez, comme des milliers de personnes qui portent ce même nom espagnol. Mais quand même, c'est curieux, non ? L'ordre des noms de famille est inversé. Rodríguez, le nom de María, dans ce cas est devant Wiener, le nom de Charles, et c'est le Nouveau Monde qui pointe le bout de son nez.

À présent je prends soin de l'œuf d'un autre animal. Nous l'avons appelé Amaru Wiener. Pour qu'il porte nos trois noms de famille. La loi ne permet pas encore d'avoir trois noms de famille, ni trois parents. Alors Wiener est son deuxième prénom, comme Werner ou William. Le nom de Charles n'a jamais été si peu un nom de famille. Et en même temps, il ne l'a jamais été à ce point. Je reste à la marge du fait naturel et du droit, je ne suis pas sa mère, ni du point de vue de biologique ni du point de vue juridique, mais je le suis pour d'autres motifs. Amaru est un enfant né en dehors de mon mariage, il grandit pourtant à l'intérieur de lui et du lien que j'ai avec sa mère. De toutes les suprématies, celle de certains enfants sur d'autres est une des plus stupides. Dans le Deutéronome, il est écrit que le bâtard ne pourra entrer dans l'assemblée du seigneur qu'après la dixième génération. Nous n'allons pas attendre si longtemps. Le premier prénom de mon fils est d'origine quechua. L'amaru est le serpent ailé, il a une tête de lama et une queue de poisson, c'est un animal mythologique. Il est aussi l'éclair dans une de ses métamorphoses, la lumière qui fertilise avant le tonnerre et la pluie. Sur ses écailles, l'absolu est écrit, tout ce qui existe est gravé. C'est la déité des fleuves qui serpentent, un pont entre le ciel, la terre et l'eau. C'est un voyageur entre plusieurs mondes. Il a les traits de Roci, mais sa tête, dans son ensemble, m'évoque celle de Jaime. Quand il est né, il était tellement rouge que j'ai pensé qu'il me ressemblait, mais peu à peu sa peau a éclairci et maintenant c'est un enfant blanc, presque blond, qui mange des plats relevés et joue avec des dinosaures. Les spécialistes diraient que c'est un métis. Ma fille *chola*, qui est à présent adolescente, ajouterait : oui, mais avec *passing*. Mon histoire avec lui est comme celle du tyrannosaure rex qui élève un bébé allosaure végétarien, ou comme n'importe lequel de ces contes où l'on se trompe de nid. Mais c'est un conte qui finit bien. C'est celui d'une maman rex qui craint l'eau et d'un enfant nageur. Ou d'une maman dragonne et de son bébé qui ne crache pas de feu. Amaru a une grande famille, en comptant la famille espagnole, il a au moins trois grands-mères, ou quatre, tout compte fait. Parfois, Lucre vient à la maison et nous mangeons des petites bananes plantains frites, ensemble, dans la cour où fleurit un arbre de Judée. Dans la terre qui est au pied de cet arbre dont les feuilles ont la forme d'un cœur, j'ai enterré les cendres de mon père. Ma mère dit que lorsque l'arbre est entièrement couvert de fleurs roses, c'est que mon père me protège et qu'il veut que je le sache. J'écris ces mots en regardant cet arbre, proche et silencieux, comme mon père. J'imagine qu'il ne me comprend pas, mais qu'il m'accompagne. Amaru n'a pas permis d'arranger nos embrouilles amoureuses. Ce serait comme dire que sa seule existence suffirait à mettre un terme au racisme. Allons donc. Il ne s'agit pas de vivre comme si nous n'étions pas entourés de douleur. Dans mes pires moments, je pense qu'un jour il va se rendre compte que nous n'appartenons pas au même troupeau, qu'il ne m'aime pas, que je ne suis rien pour lui. Dans mes meilleurs jours, je réalise que je dois vivre avec cette peur, comme avec toutes mes autres peurs. Je ne veux pas faire comme si elle n'existait pas, je ne veux pas qu'il le pense. Je veux lui apprendre à voir les choses avec ses deux yeux à la fois.

Depuis que mon père est mort, je me livre à un jeu solitaire avec moi-même. Ou est-ce avec lui ? Quelque chose à mi-chemin entre la mort et les nouvelles technologies. J'écris son nom dans ma boîte Gmail, tous ses courriels apparaissent, alors j'en choisis un au hasard et je le lis comme on lit ces petits textes divinatoires qui viennent enroulés dans les biscuits chinois.

Aujourd'hui, je suis tombée sur cet e-mail :

> Je suis à la rédaction de mon journal, ce journal qui ne paye plus, mais qui m'amuse. Je continue à me disputer avec la moitié de la terre. Si je ne le faisais pas, je rangerais mes affaires et je partirais en claquant la porte. Mon frère dit que j'ai un don pour l'aventure et le travail mal payé. C'est possible. En tout cas, à mon âge, impossible de changer de route. Mais il convient de la prendre calmement.
>
> L'autre jour j'ai fait un mauvais rêve. J'étais au volant et je te conduisais en voiture, tu étais malade, tu avais très froid. Mais tu étais petite. Je me suis réveillé, j'ai essayé de mettre de l'ordre dans mon esprit, je me disais : "Mais elle est déjà grande." Puis je suis arrivé à la conclusion que pour moi tu es toujours petite, quelqu'un dont il faut prendre soin.
>
> Un autre anniversaire à distance.
>
> Je t'aime,
>
> Papa

PANCHILANDIA

(*Dans "Décoloniser mon désir", 3e séance*)

La première fois où l'on m'a dit
que je n'écrivais pas en espagnol.
Que je ne parlais pas correctement l'espagnol.
On doit dire *vosotros*, et non pas *ustedes*.
Les corrections sont des extirpations.
On dit *echar de menos*, et non pas *extrañar*.
Le cyclone tropical, loin du noyau brûlant.
Une église construite sur une *huaca*.
Les quatre chevaux courant dans différentes directions
pour démembrer le corps.
Pour couper nos tresses.
Migrer, ce n'est pas naître de nouveau,
c'est nommer une nouvelle fois ce qui avait déjà un nom.
Ce téléphone public, quand ils existaient encore,
où j'ai passé plus de temps qu'il ne fallait
et cet homme qui ne pouvait pas attendre
et a vu en moi une créature tout juste descendue des arbres
et qui baise avec les lamas.
C'est la première fois où on m'a lancé
que je rentre dans mon pays,
chez moi.
En réalité,
je rentrerais bien chez moi, mais je n'ai plus de chez moi.
Alors je me suis construit une maison où j'ai utilisé mes
mots à moi

et pas ceux qu'on me disait de prononcer
là j'ai changé l'accent de mes affects.
Je ne sais pas de quoi je pourrais parler maintenant.
Du nid. Du choix des oiseaux.
Des saisons froides.
Des distances.
Du fait d'avoir été,
d'être toujours,
d'arriver sans arriver
de s'installer à mi-chemin,
de faire peur, de ne pas pouvoir,
de ne pas vouloir,
d'être poursuivie même quand tu ne fais rien,
de laisser beaucoup de vies derrière soi,
de tout perdre,
de recommencer,
de zéro, de tout en bas,
parler des files d'attente, de la loi,
de ma vieille carte de séjour,
de l'opportunité qu'on m'a donnée,
de tout ce que je leur dois,
de la maternité solitaire,
de ma nouvelle famille,
de prêter serment devant le roi.
Je vis en Espagne depuis dix-huit ans,
mais en réalité
j'habite Panchilandia,
là où tout le monde sourit et nous parle affectueusement.
Ils disent affectueusement panchi, panchita, machupicchu,
fête nationale.
La blague avec laquelle ils disent m'aimer
fait que cela semble normal qu'ils ne m'aiment pas.
Sur les forums en ligne, nous sommes la faune dont
l'habitat est un centre commercial.
On me parle de la petite Péruvienne qui nettoie la maison
de son amie Pepa,
comme elle est gentille, on peut lui faire confiance.
Ils croient que c'est un sujet de conversation

qu'ils peuvent partager avec moi
car moi aussi je suis une petite Péruvienne à qui on peut
faire confiance.
M'ont-ils blanchie ?
Quand est-ce que je vais m'intégrer ?
Quels beaux cheveux,
du crin de cheval,
comme tu prépares bien le poulet frit.
Quelle peau, comme elle est douce,
quelles dents, quelles mains,
si petites et si brunes.
Je pourrais descendre un bloc de glace
de la cordillère sur mon dos
pour purifier la récolte.
Tu m'applaudirais.

Je me suis reproduite comme une fleur de cactus
sur ce territoire étranger que je fais mien, peu à peu.
Avec une femme blanche et un *cholo*,
nous entremêlons nos trois langues
pour fabriquer un autre nid.
Pollinisés par le colibri à la gorge couleur rubis.

Mais dans les squares pour enfants,
je suis la baby-sitter de mon fils
ou de n'importe lequel de leurs enfants, de leurs mères,
de leurs parents.
Je ne sais même pas pleurer discrètement
dans les funérailles.
Et je n'en ai pas le désir non plus.
Devant la mort, je ne sais que faire l'Indienne.
Ma théâtralité de mélodrame, ma jalousie furieuse,
mes sautes d'humeur.
Mais ils ne couperont plus ma longue tresse noire
pour la jeter aux chiens.

Des détails du privilège de l'immigration avec des papiers.
Il y en a tellement, en revanche,

qui ne reverront plus jamais leurs fleuves.
Tout juste l'odyssée
et le trou noir de l'interne
dans les limbes du refuge.
Ceux qui sont mieux ici que dans l'autre enfer.
Tout passe,
s'enchaînant du nord vers le sud
comme les vignes au printemps.
Comme les balles en caoutchouc qu'on tire
quand tu traverses à la nage le tronçon Maroc-Ceuta.
Comme une basket Nike qui flotte au large de Tarajal.
Pendant que le roi fait du ski
parfaitement équipé pour la neige.

Nous ne cessons jamais de chercher ce que nous avons été
pour commencer à être ce dont nous rêvons.
Dans un mouvement qui nous éloigne de la frontière,
ce lieu entre la vie et la mort
où un député de droite prend dans ses bras un policier.

Europe, tu leur tires dessus dans leurs pays,
tu leur tires dessus dans tes colonies,
tu leur tires dessus dans l'eau,
tu leur tires dessus aux frontières,
tu leur tires dessus dans leurs maisons,
tu leur tires dessus en plein cœur.
Ma professeure de géographie au Pérou,
celle qui m'a appris ce qu'était une échelle,
ce qu'était la latitude et la longitude du monde,
change les couches de ton père, Espagne.
Aie donc un peu de décence.

Après un hiver froid comme on n'en avait jamais vu depuis longtemps, sept Zoulous ont été emportés par une pneumonie et une forte grippe dans le Jardin qui porte le nom bien ironique d'Acclimatation. Certains visiteurs avaient admiré, dans un élan assez myope, en vérité, la résistance de ces personnes qui portaient des sandales et de simples cache-sexes, malgré les très basses températures parisiennes. Ils avaient également fait l'éloge de leur noblesse innée et de leur merveilleuse simplicité.

Les promeneurs trouvaient l'enseignement des sciences naturelles et ethnographiques très illustratif, Darwin avait bien raison : eux, c'est eux, les autres, ce sont les autres. L'altérité était née.

Mais les commissaires d'exposition français voulaient aller plus loin, alors ils ont imaginé une nouvelle exposition qui se distinguait des expositions coloniales habituelles. Dans un des secteurs les plus touffus des 19 hectares que compte le jardin, parmi les maisons qui imitent le torchis de l'habitat des Nubiens, le prétendu campement de Lapons et les grottes peintes des Bochimans, s'élève le Tahuantinsuyo, où l'on exhibe des indigènes péruviens et leurs coutumes. Il s'agit de la dernière attraction de la saison, elle met en scène un autre empire, déjà disparu, celui des Incas.

Une trentaine de personnes emmenées depuis Cuzco pour cette exposition éphémère recréent un passé que l'Empire espagnol a détruit par ignorance et convoitise.

Avec un regard suffisant, l'Empire colonial français éprouve de la nostalgie à l'égard de ce qui pourrait encore subsister de l'ancien et glorieux royaume inca s'il n'y avait pas eu la destruction perpétrée par la couronne espagnole. Nous parlons de la France, dont la souveraineté terrestre, à l'époque, s'étendait déjà sur tous les continents.

Les indigènes, vêtus pour l'occasion comme des dignitaires incas ou des filles du soleil, montrent aux visiteurs leur expertise dans le domaine des arts manuels, surtout pour la céramique, l'orfèvrerie et le tissage. Leur art, bien sûr, semble médiocre pour l'observateur européen, presque sans âme, si on le compare à n'importe quelle expression plastique locale, mais on convient de sa valeur testimoniale. Quelqu'un rougit devant un *huaco* érotique qui fait partie du décor, ignorant que Charles Wiener avait déjà qualifié ces statuettes de terre d'impudiques et repoussantes, capables de traduire dans leur innocence naïve une corruption ancestrale. Ici, on peut voir la façon dont ces sculptures sont modelées par de petites mains brunes aux articulations très noires. De l'avis général, c'est tout de même mieux que d'aller au cinéma.

Dans l'exposition "Village nègre", les commissaires français avaient voulu créer l'illusion exotique de la nature sauvage, à l'image du monde lointain dont elle était issue. Ils avaient également voulu transmettre l'idée du danger que constituaient ces hommes et de l'hypersexualité qui caractérisait les femmes des tribus du Nord de l'Afrique, ces tribus conquises de manière cruelle par des troupes armées jusqu'aux dents. Dans l'exposition Tahuantinsuyo, en revanche, on tentait de recréer un passé perdu avec la nostalgie pour ingrédient. Une utopie brisée par la furie conquérante des Espagnols et par le souffle vulgaire de quantités colossales de sable et d'oubli qui ont fini par éteindre le soleil des Incas. Il s'agissait de la dénonciation savante, portée par le scientisme français, du caractère barbare de la monarchie espagnole, une critique transformée en parc d'attraction. Et c'était, bien entendu, une autocélébration. Tandis que les Français jouaient à faire de l'archéologie au Pérou, en Afrique ils réduisaient la population noire de moitié et posaient les bases du racisme scientifique.

Dans le parcours de cette oasis qu'Atahualpa ne verra pas, des mannequins un peu grotesques, barbus, revêtus d'armures et portant des lances, sont juchés sur des chevaux inertes en papier mâché ; ils semblent approcher, prêts à l'assaut. Ils se dirigent vers cette sorte de grand complexe précolombien qui ressemble à une citadelle perdue entre les arbustes tropicaux, à flanc de montagne.

Le public est fasciné à la vue des Indiens mis en situation, entre des blocs de polystyrène peints, telles des pierres ciselées. Les petits édifices sont serrés autour d'une place dont le centre est une pyramide qui jouxte un rocher plat sur lequel, de temps en temps, un des autochtones s'allonge, simulant la position des sacrifices rituels.

Les dizaines de logements sont de petites huttes dûment décorées avec des poteries de faux or installées dans des niches. À côté de chaque maison, il y a un enclos dans lequel paît un lama. Une femme quechua allaite son bébé, qu'elle tient près d'elle grâce à un tissu aux rouges intenses, tout en mâchant une boule de feuilles de coca afin de combattre le froid. À la commissure de ses lèvres, on voit couler un filet vert qui finit par former une petite flaque à ses pieds. Une large palissade de nattes clôture l'ensemble, elle empêche le passage d'un univers à l'autre. Mais, de temps en temps, un enfant portant un pantalon court tend la main pour toucher les tresses blanches et brillantes d'une vieille voyante.

À l'époque, le Pérou a déjà pris son indépendance de l'Espagne, mais les contrats de semi-esclavage sont encore en vigueur. Quand les indigènes de l'exposition

Tahuantinsuyo ont été transférés en France, en bateau, on a craint qu'ils contractent un des virus qui circulaient alors, mais il y a eu moins de morts qu'on n'imaginait. Il est vrai que l'un d'eux s'est suicidé en se pendant à un arbre. C'était à la fois inattendu et terrifiant. On l'a retrouvé au petit matin, flottant en l'air au milieu du brouillard, comme la momie d'un papillon géant qui ne sortira jamais de son cocon. Dans le zoo, personne n'imaginait que les indigènes pouvaient connaître quelque chose d'aussi sophistiqué que le suicide.

Cet après-midi, pour la dernière journée, on a vendu mille entrées, et les gens se pressent déjà, formant de longues files d'attente autour des zoos humains et des autres expositions. La première chose que voient ceux qui viennent d'accéder à Tahuantinsuyo, c'est une dizaine d'enfants qui courent pieds nus derrière un chien sans poils, ils piaillent dans un charabia qui n'appartient à aucune ethnie. L'un d'eux s'arrête, s'appuie contre un mur, il est un peu essoufflé, il dirige son regard vers les gens qui désirent entrer. Les couleurs de son poncho sur lequel sont dessinés des serpents bicéphales et des vagues, rongées par le temps, chatoient dans la légère pénombre. Une femme très apprêtée voit que l'enfant s'est éloigné de son groupe et elle lui demande d'approcher. Elle lui donne quelques grains de ce maïs grillé qu'on distribue à l'entrée dans des petits sachets afin que les visiteurs entrent en relation avec les Indiens. D'où viens-tu ? lui demande-t-elle. L'enfant lui répond, dans un français parfait : je viens du Pérou. Et comment tu t'appelles ? Juan. Et ta mère ? L'enfant, cette fois, ne répond pas. Il part en courant pour rejoindre ses camarades, et sa trace se perd dans le ruisseau artificiel.

Cet ouvrage a été composé par
Atlant'Communication
au Bernard (Vendée)

ACHEVÉ D'IMPRIMER SUR ROTO-PAGE
PAR L'IMPRIMERIE FLOCH À MAYENNE
EN JUILLET 2023

N° d'édition : 16187002 – N° d'impression : 102858
Dépôt légal : août 2023

Imprimé en France